लोक व्यवहार
की
कला

लोक व्यवहार
की
कला

लेस गिबलिन

अनुवाद : डॉ. सुधीर दीक्षित

मंजुल पब्लिशिंग हाउस

मंजुल पब्लिशिंग हाउस

कॉरपोरेट एवं संपादकीय कार्यालय

द्वितीय तल, उषा प्रीत कॉम्प्लेक्स, 42 मालवीय नगर, भोपाल-462003

विक्रय एवं विपणन कार्यालय

7/32, अंसारी रोड, दरियागंज, नई दिल्ली-110002

वेबसाइट : www.manjulindia.com

वितरण केन्द्र

अहमदाबाद, बेंगलुरू, भोपाल, कोलकाता, चेन्नई,
हैदराबाद, मुम्बई, नई दिल्ली, पुणे

लेस गिबलिन द्वारा लिखित मूल अंग्रेजी पुस्तक
द *आर्ट ऑफ़ डीलिंग विद पीपल* का हिन्दी अनुवाद
The Art of Dealing with People by *Les Giblin* – Hindi Edition

यह संस्करण भारत में 2017 में पहली बार प्रकाशित
द्वितीय आवृत्ति 2020

अनुवाद : डॉ. सुधीर दीक्षित

ISBN 978-81-8322-673-8

मुद्रण व जिल्दसाज़ी : सौरभ प्रिंटर्स प्राइवेट लिमिटेड

...वैचारिक अनुकूलन मन को इतना जागरूक और शक्तिशाली बना सकता है कि यह अवचेतन मन से चेतन मन में आने वाली सोच को सृजनात्मक सोच में बदल दे, जो सफलता और ख़ुशी की ओर ले जाती है।

नॉर्मन विन्सेन्ट पील
थॉट कंडिशनर्स

अनुक्रम

1

मानव संबंधों के बारे में सृजनात्मक तरीक़े से सोचना

हम सभी ज़िंदगी में दो चीज़ें चाहते हैं : **सफलता और ख़ुशी।**

हम सभी अलग-अलग हैं। सफलता की आपकी परिभाषा मेरी परिभाषा से अलग है। लेकिन अगर हम सफल और ख़ुश होना चाहते हैं, तो हम सभी को एक बड़े घटक से निबटना सीखना होता है। समूची सफलता और ख़ुशी का एक आम घटक है *दूसरे लोग।*

बहुत से वैज्ञानिक अध्ययनों में यह साबित हो चुका है कि यदि आप दूसरों के साथ व्यवहार करने का तरीक़ा सीख लेते हैं, तो आप कारोबार, पेशे या व्यवसाय में सफलता की राह पर 85 प्रतिशत आगे पहुँच जाते हैं और व्यक्तिगत ख़ुशी की राह पर आप 99 प्रतिशत आगे पहुँच जाते हैं।

सिर्फ़ मिल-जुलकर रहना ही जवाब नहीं है। महत्त्वपूर्ण तो लोगों के साथ पेश आने का ऐसा तरीक़ा है, जिससे हमें *व्यक्तिगत संतुष्टि* भी मिले और दूसरों का अहं भी आहत न हो। मानव संबंध लोगों से इस तरह व्यवहार करने का विज्ञान है कि हमारे और उनके दोनों के

अहं सही-सलामत रहें। यह लोगों के साथ हिल-मिलकर चलने का एकमात्र तरीक़ा है, जिससे सच्ची सफलता या संतुष्टि मिलती है *या कभी मिली है।*

जीवन में 90 फ़ीसदी लोग इसलिए असफल हो जाते हैं, क्योंकि वे लोगों के साथ कुशल व्यवहार नहीं कर पाते हैं। अपने चारों ओर देखें। क्या सबसे सफल लोग वे हैं, जिनके पास सबसे ज़्यादा दिमाग़ है या वे जिनमें सबसे ज़्यादा योग्यता है? जो लोग सबसे ख़ुश हैं और जीवन का सबसे ज़्यादा आनंद लेते हैं, क्या वे आपकी जान-पहचान के दूसरे लोगों से ज़्यादा चतुर हैं? ज़रा ठहरकर एक पल सोचें। संभावना इस बात की है कि आपकी जान-पहचान के सबसे सफल और जीवन का सबसे ज़्यादा आनंद लेने वाले लोग वही हैं, जो लोगों के साथ व्यवहार में "माहिर" हैं।

आपके व्यक्तित्व की समस्याएँ दूसरे लोगों से जुड़ी समस्याएँ हैं। आज करोड़ों लोग हैं, जो संकोची हैं, शर्मीले हैं और सामाजिक स्थितियों में असहज अनुभव करते हैं। वे हीन महसूस करते हैं और उन्हें कभी यह अहसास ही नहीं होता कि उनकी असली समस्या मानव संबंधों की समस्या है। यह बात उनके दिमाग़ में आती ही नहीं है कि इंसान के रूप में वे इसलिए असफल हैं, क्योंकि वे दरअसल लोगों के साथ सफलतापूर्वक व्यवहार करने में असफल हैं।

लगभग इतने ही लोग होते हैं, जो संकोची, शर्मीले लोगों से बहुत विपरीत दिखते हैं, कम से कम ऊपर से। वे आत्म-विश्वासी नज़र आते हैं। वे "रौबीले" होते हैं और हर सामाजिक स्थिति में सब लोगों पर हावी रहने की कोशिश करते हैं, चाहे यह घर हो, ऑफ़िस हो या क्लब हो। लेकिन उन्हें भी, किसी चीज़ की कमी का अहसास होता है। वे हैरान होते हैं कि उनके कर्मचारी या उनके परिवार वाले उनकी

क़द्र क्यों नहीं करते। वे हैरान होते हैं कि लोग स्वेच्छा से सहयोग क्यों नहीं करते; उन्हें सही ढंग से कार्य करने के लिए लगातार विवश क्यों करना पड़ता है। और सबसे बढ़कर, आत्म-साक्षात्कार के सच्चे पलों में उन्हें यह अहसास होता है कि जिन लोगों को प्रभावित करने के लिए वे सबसे ज़्यादा आतुर हैं, उनसे उन्हें वह अनुमोदन या स्वीकृति कभी नहीं मिलती है, जिसके लिए वे लालायित हैं। वे सहयोग, वफ़ादारी और मित्रता को ज़बर्दस्ती हासिल करने की कोशिश करते हैं; अपने काम कराने के लिए लोगों को मजबूर करने की कोशिश करते हैं। लेकिन वे उस एक चीज़ को ज़बर्दस्ती नहीं ले सकते, जिसे वे सबसे ज़्यादा चाहते हैं : वे लोगों को ख़ुद को पसंद करने के लिए मजबूर नहीं कर सकते। उनकी यह हसरत इसलिए कभी पूरी नहीं हो पाती, क्योंकि वे लोगों के साथ व्यवहार करने की कला में पारंगत नहीं हैं।

चाहे हम इस बात को पसंद करें या न करें, लोग संसार में हमेशा रहेंगे। आधुनिक संसार में हम दूसरे लोगों के बिना कोई सफलता या ख़ुशी हासिल कर ही नहीं सकते। सबसे सफल डॉक्टर, वकील या सेल्सपर्सन हमेशा वह नहीं होता, जो सबसे ज़्यादा बुद्धिमान या सबसे ज़्यादा कुशल है। सबसे सुखी पति-पत्नी वे नहीं होते, जो सबसे ज़्यादा आकर्षक हैं। किसी भी क्षेत्र में सफल लोगों को देख लें। वहाँ आपको एक ऐसा शख़्स मिलेगा, जो लोगों के साथ व्यवहार करने की कला में माहिर है... एक ऐसा शख़्स जिसे दूसरों के साथ "व्यवहार का तरीक़ा" आता है।

मानव संबंधों में योग्यता भी किसी अन्य क्षेत्र में योग्यता हासिल करने जैसी है। यहाँ भी सफलता कुछ बुनियादी सिद्धांतों को समझने और उनमें माहिर बनने पर निर्भर होती है। आपको सिर्फ़ यही पता

नहीं होना चाहिए कि *क्या* करना है, बल्कि यह भी पता होना चाहिए कि आप इसे *क्यों* कर रहे हैं।

जहाँ तक बुनियादी सिद्धांतों का सवाल है, सभी लोग एक जैसे होते हैं। लेकिन आपसे मिलने वाला हर व्यक्ति अलग होता है। यदि आप हर व्यक्ति से सफलतापूर्वक व्यवहार करने के लिए अलग-अलग पैंतरा सीखने की कोशिश करेंगे, तो यह नामुमकिन है; आप ऐसा कभी कर ही नहीं सकते।

लोगों को प्रभावित करना चालाकी नहीं, बल्कि एक कला है। जब आप सतही, मशीनी अंदाज़ में चालें चलते हैं, तो आप वही सब करते हैं, जो 'व्यवहार के तरीक़े' में माहिर व्यक्ति करता है। लेकिन यह तरीक़े आपके लिए कारगर नहीं होते, जबकि उसके लिए होते हैं।

इस पुस्तक का उद्देश्य आपको मानव स्वभाव की समझ देना है : लोग उस तरह काम क्यों करते हैं, जिस तरह वे करते हैं। इस पुस्तक में बताई गई तकनीकों का परीक्षण मेरे मानव संबंध गोष्ठियों में हिस्सा लेने वाले हज़ारों लोगों पर किया गया है। ये सिर्फ़ मेरे प्रिय विचार ही नहीं हैं कि आपको लोगों के साथ किस तरह व्यवहार करना चाहिए; ये तो ऐसे विचार हैं, जो इस परीक्षण में खरे उतरे हैं कि आपको लोगों के साथ अनिवार्यतः कैसा व्यवहार करना चाहिए। बशर्ते आप उनके साथ सुखद संबंध बनाना चाहें और साथ ही अपनी मनचाही चीज़ भी पाना चाहें।

हाँ, हम सभी सफलता और ख़ुशी चाहते हैं। वह ज़माना गुज़र गया है, बशर्ते यह कभी रहा हो, जब आप अपने लक्ष्य हासिल करने के लिए लोगों को मजबूर कर सकते थे कि वे आपको आपकी मनचाही चीज़ दे दें। भीख माँगना भी बेहतर नहीं है, क्योंकि उससे किसी के

मन में उस व्यक्ति के प्रति कोई सम्मान या मदद करने की इच्छा नहीं होती, जो लगातार दंडवत झुकता है, हाथ पसारकर घूमता है और दूसरे लोगों से ख़ुद को पसंद करने की भीख माँगता है।

आप जीवन से जो चाहते हैं, वह पाने का सफल तरीक़ा लोगों के साथ व्यवहार में योग्यता हासिल करना है। आगे पढ़ने पर आप जान जाएँगे कि कैसे।

2

मानव अहं को समझना

अहं अपने स्वामी के लिए बहुत क़ीमती होता है, इसलिए इंसान जिस भी चीज़ या व्यक्ति को अपने *अहं के लिए जोखिम मानता है,* उससे अपनी रक्षा के लिए बहुत आगे तक जा सकता है। इसी वजह से *अहंकार* शब्द का अर्थ नकारात्मक होता है।

अहंकार के दूसरे पहलू पर ग़ौर करें। अगर इसकी वज़ह से लोग मूर्खतापूर्ण, अतार्किक और विनाशकारी चीज़ें करते हैं, तो इसी की बदौलत वे महान और नायकों जैसे काम भी कर सकते हैं।

आख़िर यह अहंकार क्या है?

संपादक और मानवतावादी एडवर्ड बोक ने कहा था कि संसार जिसे अहंकार और दंभ कहता है, वह दरअसल इंसान में भरी गई "दैवी चिंगारी" है और जिन लोगों ने "अपने भीतर की दैवी चिंगारी सुलगा ली है," सिर्फ़ वही आज तक महान काम कर पाए हैं।

आप इसे चाहे जो भी नाम देना चाहें : मानव गरिमा, व्यक्तित्व या अनूठापन... हर व्यक्ति के हृदय की गहराई में कोई ऐसी चीज़ होती है, जो महत्त्वपूर्ण है और सम्मान की *माँग* करती है। हर

इंसान का व्यक्तित्व ख़ास और अनूठा होता है। इंसान की सबसे शक्तिशाली प्रेरणा यह होती है कि वह सभी शत्रुओं के ख़िलाफ़ इस महत्त्वपूर्ण चीज़ की रक्षा करे।

इसीलिए आप लोगों से मशीनों, संख्याओं या भीड़ जैसा व्यवहार करके बच नहीं सकते। व्यक्तिगत महत्त्व से इंसानों को वंचित रखने का हर प्रयास नाकाम रहा है। यह सेनाओं और जेलों से ज़्यादा शक्तिशाली है। यह उन ज़मींदारों से ज़्यादा शक्तिशाली साबित हुई, जिन्होंने लोगों को दास बनाने की कोशिश की। यह हिटलर की सेनाओं से ज़्यादा शक्तिशाली साबित हुई और इसने "स्वाधीनों की भूमि" के लिए मंच तैयार कर दिया। किसी भी देश के लिए स्वाधीनता की घोषणा दरअसल *व्यक्तिगत* स्वतंत्रता की घोषणा है।

यह ग़ौर करना भी महत्त्वपूर्ण है कि अमेरिकी स्वतंत्रता की घोषणा इंसान के सच्चे महत्त्व को ईश्वर का उपहार मानती है। "हम इस सत्य को स्व-प्रमाणित मानते हैं कि सभी इंसानों को... उनके सृजनकार ने निश्चित अहस्तांतरणीय अधिकार दिए हैं।"

यह पुस्तक धर्म के बारे में नहीं है; लेकिन अंततः आप धर्म और मानव संबंधों को अलग नहीं कर सकते। जब तक आप यह विश्वास नहीं करते कि एक सृजनकार है, जिसने हमें आंतरिक मूल्यों के साथ अहस्तांतरणीय अधिकार दिए हैं, तब तक आप लोगों में विश्वास नहीं कर सकते। हेनरी काईसर ने कहा था कि आप *स्वतः* ही अच्छे मानवीय संबंधों का अभ्यास करने लगेंगे, यदि आप यह याद रखें कि हर व्यक्ति इसलिए महत्त्वपूर्ण है, क्योंकि वह ईश्वर की संतान है।

यह आत्म-गौरव का एकमात्र सच्चा आधार भी है। जिस व्यक्ति को यह विश्वास हो जाता है कि वह अपने अच्छे गुणों या कार्यों के

कारण नहीं, बल्कि ईश्वर की कृपा की बदौलत "ख़ास" है, जिसने उसे आंतरिक मूल्य दिए हैं, उसमें स्वस्थ आत्म-गौरव होता है। जिस व्यक्ति को इस बात का अहसास नहीं होता, वह पैसे कमाकर, शक्ति या शोहरत हासिल करके या दूसरे तरीक़ों से महत्त्व हासिल करने की कोशिश करता है। ऐसे व्यक्ति न सिर्फ़ नकारात्मक अर्थ में "अहंकारी" होते हैं, बल्कि आत्म-गौरव पाने की उनकी निरंतर भूख संसार में ज़्यादातर मुश्किलों का कारण बन जाती है।

जीवन के चार तथ्य, जिन्हें आपको अपने हृदय पर अमिट रूप से अंकित कर लेना चाहिए :

1. **हम सभी अहंकारी होते हैं।**
2. **हमारी ख़ुद में जितनी ज़्यादा रुचि होती है, उतनी किसी दूसरी चीज़ में नहीं होती।**
3. **जिस भी व्यक्ति से आप मिलते हैं, वह महत्त्वपूर्ण महसूस करना चाहता है और "ख़ास" समझा जाना चाहता है।**
4. **हर व्यक्ति में दूसरों से अनुमोदन की ललक होती है, ताकि वह ख़ुद का अनुमोदन कर सके।**

हम सब अहं के भूखे हैं। जब यह अहं कमोबेश संतुष्ट होता है, तभी हम ख़ुद को भूल पाते हैं, ख़ुद पर से अपना ध्यान हटा पाते हैं और किसी दूसरी चीज़ में लगा पाते हैं। जिन्होंने ख़ुद को पसंद करना सीख लिया है, सिर्फ़ वही दूसरों के साथ उदार और दोस्ताना हो सकते हैं।

कौन सी चीज़ लोगों को स्व-केंद्रित और घमंडी बनाती है? हम सोचते थे कि अहंकारी व्यक्ति के साथ परेशानी यह थी कि वह अपने बारे में बहुत ऊँचा सोचता था। हम सोचते थे कि अगर वह अपने उच्च आत्म-गौरव से निजात पा ले, तो उसका "इलाज" हो जाएगा। व्यवहार में मुश्किल इन लोगों के आत्म-गौरव को थोड़ा कम करने के लिए जिन पुराने तरीक़ों का इस्तेमाल किया गया, वे कभी कारगर नहीं रहे। उनका परिणाम बस यही निकला कि सामने वाला ज़्यादा शत्रुतापूर्ण हो गया और उसका अहं पहले से भी ज़्यादा संवेदनशील हो गया।

ये तरीक़े कभी कारगर नहीं रहे, इसका कारण सरल है। अब हम बिना किसी संदेह के यह बात जान गए हैं कि आत्म-केंद्रित, अहंकारी व्यक्ति आत्म-गौरव की अति के कारण कष्ट नहीं उठा रहा है, बल्कि आत्म-गौरव की भारी कमी के कारण कष्ट उठा रहा है।

यदि आपके ख़ुद के साथ अच्छे संबध हैं, तो आपके दूसरों के साथ भी अच्छे संबंध होंगे। जब कोई व्यक्ति ख़ुद को बेहतर पसंद करने लगता है, तो वह दूसरों को भी बेहतर पसंद कर सकता है। एक बार जब वह ख़ुद के बारे में दुखद असंतुष्टि से उबर जाता है, तो वह दूसरों के प्रति कम आलोचनात्मक और ज़्यादा सहनशील हो जाता है।

अहं की भूख उतनी ही सर्वव्यापी और स्वाभाविक होती है, जितनी कि भोजन की भूख। अहं का आहार भी उसी उद्देश्य की पूर्ति करता है, जो भोजन शरीर के लिए करता है : आत्म-रक्षा। शरीर को ज़िंदा रहने के लिए भोजन की ज़रूरत होती है। इसी तरह अहं या हर व्यक्ति की अनूठी वैयक्तिकता को सम्मान, अनुमोदन और उपलब्धि के अहसास की ज़रूरत होती है।

भूखा अहं ओछा अहं होता है। अहं की तुलना पेट से करने पर यह काफ़ी स्पष्ट हो जाता है कि लोग उस तरह काम क्यों करते हैं, जिस तरह वे करते हैं। जो इंसान हर दिन तीन बार अच्छा भोजन करता है, वह अपने पेट के बारे में बहुत कम सोचेगा। लेकिन अगर कोई एक-दो दिन सचमुच भूखा रहे, तो उसका पूरा व्यक्तित्व बदल जाएगा। वह ज़्यादा आलोचनात्मक बन जाता है; वह किसी भी चीज़ से ख़ुश नहीं होती है और वह लोगों पर भड़क उठता है। उसे यह बताने से कोई फ़ायदा नहीं होता कि उसकी समस्या यह है कि वह पेट के बारे में अति चेतन है और उसे अपना ध्यान पेट से हटा लेना चाहिए। उसके इलाज का सिर्फ़ एक तरीक़ा है : बचाव के लिए प्रकृति की माँग को पूरा करना। प्रकृति ने हर प्राणी में एक सहज बोध भरा है, जो कहता है, "*आप* और आपकी बुनियादी ज़रूरतें सबसे पहले आती हैं।" इसीलिए जब तक उसकी भूख शांत नहीं होगी, तब तक वह किसी दूसरी चीज़ पर ध्यान नहीं दे पाएगा।

आत्म-केंद्रित व्यक्ति के मामले में भी काफ़ी कुछ ऐसा ही होता है। स्वस्थ व्यक्तित्व के लिए स्व-स्वीकृति और स्व-अनुमोदन की निश्चित मात्रा की ज़रूरत होती है। किसी स्व-केंद्रित व्यक्ति को फटकारने और अपना दिमाग़ ख़ुद से दूर हटाने को कहने से कोई फ़ायदा नहीं होता। वह अपना ध्यान ख़ुद से दूर तब तक *नहीं* हटा सकता, जब तक कि उसकी अहं की भूख संतुष्ट न हो जाए। सिर्फ़ तभी वह अपना ध्यान ख़ुद से दूर हटा पाएगा और इसे काम पर, दूसरे लोगों पर या दीगर ज़रूरी चीज़ों पर लगा पाएगा।

जब आत्म-गौरव का स्तर ऊँचा होता है, तो लोगों के साथ ताल-मेल बैठाना आसान होता है। उस वक़्त लोग ख़ुशमिज़ाज, उदार और सहिष्णु होते हैं। वे दूसरों के विचार सुनने के लिए तैयार होते हैं।

उनकी बुनियादी आवश्यकताएँ पूरी हो चुकी हैं, इसलिए अब वे दूसरों की आवश्यकताओं के बारे में सोच सकते हैं। उनका ख़ुद का व्यक्तित्व इतना शक्तिशाली और सुरक्षित हो चुका है कि वे जोखिम लेने के लिए तैयार रहते हैं। वे कभी-कभार ग़लत होने और अपनी ग़लती मानना बर्दाश्त कर सकते हैं। वे अपनी आलोचना या तिरस्कार को सहजता से लेते हैं, क्योंकि इससे उनके आत्म-गौरव में सिर्फ़ एक छोटी सी खरोंच ही लगेगी... और इसके बावजूद उनके पास बहुत सारा आत्म-गौरव बचा रहेगा।

सभी लोग जानते हैं कि अधीनस्थों की तुलना में शिखर पर बैठे इंसान से व्यवहार करना आम तौर पर ज़्यादा आसान होता है। प्रथम विश्वयुद्ध के दौरान एक सैनिक ने चिल्लाकर कहा, "उस कमबख़्त माचिस को बुझाओ!" लेकिन उसे तब शर्मिंदगी झेलनी पड़ी जब उसने देखा कि माचिस दरअसल जनरल "ब्लैक जैक'" पर्शिंग ने जलाई थी। जब उसने बुदबुदाकर माफ़ी माँगी, तो जनरल पर्शिंग ने उसकी पीठ थपथपाकर कहा, "बस इस बात की ख़ुशी मनाओ कि मैं सेकंड लेफ़्टिनेंट नहीं हूँ।" **छोटा बनने के लिए आपको ख़ुद को नीचे करना होता है।**

जब आत्म-गौरव का स्तर कम होता है, तो मुश्किलें आसानी से हावी हो जाती हैं। आत्म-गौरव बहुत ज़्यादा नीचे होने पर लगभग हर चीज़ जोखिम बन सकती है। ऐसे व्यक्ति को एक आलोचनात्मक निगाह या एक कटु शब्द तबाह कर सकता है। जो संवेदनशील व्यक्ति सहज, सामान्य टिप्पणी में भी कोई ताना या दोहरा अर्थ देख लेते हैं, वे कम आत्म-गौरव से पीड़ित हैं। बड़बोले, दिखावटी और दबंग इंसान के साथ भी यही समस्या है।

दूसरों में आत्म-गौरव की कमी से उत्पन्न मुश्किलों से निबटना: उन्हें ख़ुद को बेहतर पसंद करने में उनकी मदद करें।

जब कोई घमंडी व्यक्ति आपको "अपनी औकात दिखाने" की कोशिश करता है, तो आप दो चीज़ें याद करके उसके व्यवहार को समझ सकते हैं। सबसे पहले, उसे अपने ख़ुद के स्व-महत्त्व को बढ़ाने की सख़्त ज़रूरत है और वह आपको नीचे गिराकर यही करना चाहता है। दूसरे, वह डरा हुआ है। उसके आत्म-गौरव का स्तर इतना कम है कि आपका एक चुभता हुआ वाक्य इसे पूरी तरह धराशायी कर देगा। हालाँकि उसे पक्का यक़ीन नहीं है कि आप उसके आत्म-महत्त्व पर निशाना साधेंगे, लेकिन फिर भी वह यह *जोखिम लेना गवारा नहीं कर सकता।* वह इसी एकमात्र सुरक्षित रणनीति का इस्तेमाल कर सकता है कि उसकी असलियत आप पर उजागर होने से पहले ही वह आपको नीचे गिरा दे। उसे नीचे गिराने की कोशिश करके मुश्किल को न बढ़ाएँ। तानों, चुभने वाली टिप्पणियों और बहस करने से बचें। अगर आप "जीत" गए, तो आत्म-गौरव का उसका निचला स्तर पहले से भी नीचे लुढ़क जाएगा और इस वज़ह से उसके साथ व्यवहार करना पहले से भी ज़्यादा मुश्किल हो जाएगा। इसके बजाय उसके भूखे अहं को पोषण दें। शेर को मेमने में बदल दें; फिर वह आप पर गुर्राना और झपटना बंद कर देगा। यह नीति सिर्फ़ मुश्किल लोगों पर ही नहीं, बल्कि हर एक पर काम करती है। हर इंसान ज़्यादा रुचिकर, ज़्यादा समझदारी भरा और ज़्यादा सहयोगी बन जाता है, जब आप उसके अहं को पोषण देते हैं... झूठी चापलूसी से नहीं, बल्कि *सच्ची प्रशंसा* से। जिन लोगों से आप व्यवहार करते हैं, उनमें अच्छी बातों की तलाश करें; ऐसी बातें जिनकी आप प्रशंसा कर सकें।

हर दिन कम से कम पाँच सच्ची प्रशंसाएँ करने की आदत डालें और देखें कि दूसरों के साथ आपके संबंध कितने सुचारु बन जाएँगे। दूसरों की मदद करें, ताकि वे ख़ुद को ज़्यादा पसंद कर सकें। श्रेष्ठता या कृपा दिखाने के अंदाज़ में ऐसा करने की कोशिश न करें। अगर आपने ऐसा किया, तो आपकी श्रेष्ठता के दंभ से वे शत्रु बन जाएँगे।

मानव संबंधों का पहला नियम है : "लोग काफ़ी हद तक अपने ख़ुद के अहं को बढ़ाने के लिए ही काम करते हैं... या इसी प्रयास में विफल हो जाते हैं।" जब आप किसी को एक निश्चित तरीक़े से काम करने के लिए राज़ी करने की कोशिश कर रहे हों, और तर्क नाकाम हो जाएँ, तो उसके अहं को बढ़ाने वाला कारण आज़माएँ। दूसरों को आपकी मदद करने का एक व्यक्तिगत कारण दें।

कुछ समय पहले मैं एक शहर गया था, जहाँ एक राष्ट्रीय सम्मेलन आयोजित हो रहा था। अप्रत्याशित कारोबारी गतिविधियों की वजह से मुझे रात वहीं बितानी पड़ी। कोई रिज़र्वेशन न होने की वज़ह से मैं एक होटल में गया, जहाँ मैं प्रायः रुकता था। रिसेप्शन पर कमरा लेने की कोशिश करने वालों की भीड़ लगी थी। तभी मुझे एक परिचित क्लर्क दिखाई दिया।

उसने माफ़ी माँगते हुए कहा, "देखिए लेस, आपको हमें पहले ही बता देना चाहिए था कि आप आ रहे हैं। मैं इन परिस्थितियों में आपके लिए कुछ नहीं कर सकता।"

मैंने जवाब दिया, "ऐसा लगता है कि हमारे सामने एक समस्या है, लेकिन मैं जानता हूँ कि अगर इस शहर में कोई व्यक्ति इस समस्या का समाधान खोज सकता है, तो वह आप ही हैं। अगर *आप* मुझे

कमरा नहीं दिला सकते, तो बेहतर होगा कि मैं हार मान लूँ और जाकर पार्क में सो जाऊँ।"

उसने कहा, "देखिए, आधा घंटे बाद आकर मिलें। मैं देखता हूँ कि क्या कोई इंतज़ाम हो सकता है।"

इस दौरान उसे अनौपचारिक सम्मेलनों में इस्तेमाल होने वाले एक छोटे लिविंग रूम की याद आ गई, जिसे एक अतिरिक्त पलंग डालकर बेडरूम बनाया जा सकता था। मुझे कमरा मिल गया; और उसे उपलब्धि का अहसास मिल गया। उसने हम दोनों के सामने यह साबित करके अपने अहं को बढ़ा लिया, "अगर कोई यह काम कर सकता है, तो मैं भी कर सकता हूँ।"

ख़ुद को ज़्यादा पसंद करने में लोगों की मदद करें; आत्म-गौरव की उनकी भूख को संतुष्ट करें।

3

दूसरों को महत्त्वपूर्ण महसूस कराने का महत्त्व

हर इंसान मानव संबंधों में मिलियनेअर होता है। बहुत दुखद बात यह है कि हममें से ज़्यादातर लोग अपनी इस दौलत को सेंतकर रखते हैं, इसे कंजूसी से ख़र्च करते हैं और हमें इस बात का अहसास तक नहीं होता कि हमारे पास इतनी भारी दौलत है। दूसरों की व्यक्तिगत महत्त्व की भावनाओं को बढ़ाना आपकी शक्ति में है। वे ख़ुद को बेहतर पसंद करें, यह सुनिश्चित करना भी आपकी शक्ति में है। वे प्रशंसा और स्वीकृति महसूस करें, यह सुनिश्चित करना भी आपकी शक्ति में है।

लोगों के साथ अपने संबंधों को बेहतर बनाने का सबसे बेहतर तरीक़ा आपके पास मौजूद इस दौलत को बाँटना है। इसमें आपका कुछ भी ख़र्च नहीं होता और आपको यह डर भी नहीं होता कि यह कभी ख़त्म हो जाएगी। इसमें अदला-बदली करने या सौदेबाज़ी करने की कोशिश न करें। आप जो चाहते हैं, लोगों से वह पाने के लिए इसका इस्तेमाल रिश्वत की तरह न करें। इसे अंधाधुंध अंदाज़ में न दें। आपको दूसरों से अपनी मनचाही चीज़ मिलेगी या नहीं,

यह चिंता करने की कोई ज़रूरत नहीं है। मुहावरे की भाषा में, जब आप पानी में रोटी डालते हैं, तो यह हमेशा कई गुना होकर आपकी ओर लौट आती है।

यह मानने की ग़लती न करें कि सफल या मशहूर लोगों को महत्त्वपूर्ण होने के अहसास की कोई ज़रूरत नहीं होती। शिष्टाचार, विनम्रता और दस्तूर का आधार ही व्यक्तिगत महत्त्व की सर्वव्यापी भूख है। शिष्टाचार और विनम्रता सिर्फ़ वे तरीक़े हैं, जिनसे हम सामने वाले के महत्त्व को जताते हैं। हम सभी को यह महसूस करने की ज़रूरत होती है कि हम महत्त्वपूर्ण हैं। **हमें यह महसूस करने की ज़रूरत होती है कि सामने वाले हमारे महत्त्व को पहचानते और स्वीकार करते हैं।**

वास्तव में, हमें इस बात की ज़रूरत होती है कि दूसरे लोग महत्त्वपूर्ण महसूस करने में हमारी मदद करें और हमारे व्यक्तिगत महत्त्व के अहसास की पुष्टि करें। अपने बारे में हमारी भावनाएँ काफ़ी हद तक उन भावनाओं का प्रतिबिंब होती हैं, जो दूसरे लोग हमारे बारे में व्यक्त करते हैं। कोई भी इंसान अपनी गरिमा और महत्त्व को क़ायम नहीं रख सकता, अगर उससे मिलने वाला हर व्यक्ति उसके साथ महत्त्वहीन जैसा बर्ताव करता हो।

इससे यह स्पष्ट हो जाता है कि छोटी-छोटी महत्त्वहीन दिखने वाली बातों के मानव संबंधों में बहुत विकट परिणाम हो सकते हैं। क्या आपने कभी सुना है कि लोग तलाक़ माँगते समय कैसे-कैसे कारण देते हैं? "वह बड़े मज़े से हर एक को बताता था कि मैं पैसे के बारे में कितनी मूर्ख हूँ?" या "जब वह खाना बनाती थी, तो बिल्ली को हमेशा मुझसे पहले खिलाती थी।"

ये छोटी-छोटी चीज़ें हैं, लेकिन इन्हें दोहराने से सामने वाले व्यक्ति को यह संदेश मिलता है : "मैं नहीं सोचता कि आप बहुत महत्त्वपूर्ण हैं।" याद रखें, किसी विस्फोट को शुरू करने के लिए सिर्फ़ एक छोटी सी चिंगारी की ज़रूरत होती है। आप जो छोटी-छोटी चीज़ें करते और कहते हैं, उनसे प्रतिक्रियाओं की शृंखला शुरू हो सकती है।

आपको सामने वाले व्यक्ति को मान्यता देनी चाहिए। दूसरे देशों के साथ कूटनीतिक संबंधों में सरकारें किसी दूसरे देश को मान्यता देने की बात करती हैं या उन्हें मान्यता देती हैं। दूसरों के साथ हमारे कूटनीतिक संबंधों में हम भी इससे सबक़ ले सकते हैं। कर्मचारियों में असंतुष्टि के मुख्य कारण ये हैं :

1. **सुझावों के लिए श्रेय देने में असफलता**
2. **शिकायतें दूर करने की असफलता**
3. **प्रोत्साहित करने की असफलता**
4. **दूसरों के सामने कर्मचारियों की आलोचना करना**
5. **कर्मचारियों की राय माँगने की असफलता**
6. **कर्मचारियों को उनकी प्रगति की जानकारी देने की असफलता**
7. **पक्षपात**

ग़ौर करें कि इनमें से हर बिंदु का संबंध कर्मचारी के महत्त्व को पहचानने की असफलता से जुड़ा है।

दूसरों को महत्त्वपूर्ण महसूस कराने के चार तरीक़े ये हैं :

1. **दूसरे लोगों को महत्त्वपूर्ण मानें।** पहले नियम पर अमल करना सबसे आसान है। बस अपने मन में यह दृढ़ विश्वास रखें कि दूसरे लोग *महत्त्वपूर्ण* हैं। ऐसा करने पर सामने वालों को आपका नज़रिया पता चल जाएगा, भले ही आप कोशिश न कर रहे हों। यही नहीं, इससे चालबाज़ी की ज़रूरत ख़त्म हो जाती है और आपके मानव संबंध ईमानदारी की बुनियाद पर बनते हैं। यदि आप मन ही मन यह सोच रहे हों कि दूसरे लोग तुच्छ हैं, तो आप उन्हें अपनी उपस्थिति में महत्त्वपूर्ण महसूस नहीं करा सकते। ज़रा सोचें, इस पृथ्वी पर लोगों जितना महत्त्वपूर्ण या रोचक और कौन है?

2. **लोगों पर ग़ौर करें।** क्या आपने कभी इस बारे में सोचा है कि आप सिर्फ़ उन्हीं चीज़ों पर ग़ौर करते हैं, जो आपके लिए महत्त्वपूर्ण होती हैं? वास्तव में, आप अपने आस-पास की चीज़ों का सिर्फ़ एक छोटा सा हिस्सा ही देखते हैं। आप ध्यान देने के लिए सिर्फ़ उन्हीं चीज़ों को चुनते हैं, जिन्हें आप महत्त्वपूर्ण मानते हैं। एक ही सड़क पर चलने वाले पाँच लोग शायद पाँच अलग-अलग चीज़ों पर ग़ौर करेंगे। इसका कारण यह है कि उनकी अलग-अलग चीज़ों में रुचि होती है।

   इसलिए जब कोई हम पर ग़ौर करता है, तो यह हमारी बहुत बड़ी प्रशंसा है। इस तरह वह कह रहा है कि वह हमारे महत्त्व को पहचानता है। वह हमारे मनोबल को एक बड़ा प्रोत्साहन दे रहा है। परिणाम यह होता है कि हम ज़्यादा दोस्ताना और ज़्यादा सहयोगी बन जाते हैं और *ज़्यादा कड़ी मेहनत* करते हैं।

किसी समूह से व्यवहार करते समय यह न भूलें; समूह के हर व्यक्ति को मान्यता देने की कोशिश करें।

3. **लोगों से प्रतिस्पर्धा न करें।** इसके लिए थोड़े अनुशासन की ज़रूरत होती है, क्योंकि आप भी इंसान हैं और हर व्यक्ति की तरह आप भी महत्त्वपूर्ण महसूस करना चाहते हैं। आपको ख़ुद पर नज़र रखनी चाहिए कि कहीं यह इच्छा उलटी न पड़ जाए। बुनियादी तथ्य यह है कि हर व्यक्ति महत्त्वपूर्ण महसूस करना चाहता है। हर व्यक्ति यह महसूस करना चाहता है कि दूसरे उसके महत्त्व को पहचान रहे हैं। मानव स्वभाव का यह गुण अपने आप में तटस्थ है। आप इसका इस्तेमाल अपने लाभ या हानि के लिए कर सकते हैं... जिस तरह आप चाकू से अपनी ब्रेड पर बटर लगा सकते हैं या अपना गला काट सकते हैं। दूसरों के साथ व्यवहार में यह प्रलोभन हमेशा मौजूद रहता है कि हम ख़ुद को महिमामंडित करके उन्हें प्रभावित कर दें। चेतन या अचेतन रूप से हम एक अच्छी छाप छोड़ना चाहते हैं।

जब कोई हमें उसके किए किसी बड़े काम के बारे में बताता है, तो हम तुरंत ही उससे भी ज़्यादा बड़े काम के बारे में सोचने लगते हैं, जो हमने किया है। यदि कोई हमें एक अच्छी कहानी बताता है, तो तुरंत ही हम एक ऐसी कहानी की तलाश करने लगते हैं, जो उससे भी अच्छी हो। अक्सर हम अपने ख़ुद के महत्त्व से दूसरों को प्रभावित करने के लिए इतने आतुर रहते हैं कि ख़ुद को ज़्यादा बड़ा दिखाने के लिए हम उन्हें छोटा महसूस करा सकते हैं। एक सरल नियम बताया जा रहा है, जो इस बाधा से उबरने में आपकी मदद करेगा : **यदि आप दूसरों पर अच्छी छाप छोड़ना चाहते हैं, तो सबसे प्रभावी तरीक़ा उन्हें**

यह जता देना है कि आप उनसे प्रभावित हैं। *उन्हें जता दें कि आप उनसे प्रभावित हैं।* इससे वे आपको अपनी जान-पहचान के सबसे चतुर और सबसे आकर्षक व्यक्तियों में से एक मानेंगे। उनके साथ प्रतिस्पर्धा करेंगे, तो उनके मन में यह पक्का विश्वास होगा कि आप मूर्ख हैं और कुछ भी नहीं समझते हैं।

4. **जानें कि दूसरों को कब सही करना है।** जब हम दूसरों को सही करते हैं या उनका विरोध करते हैं, तो आम तौर पर यह किसी असली समस्या को सुलझाने के उद्देश्य से नहीं किया जाता है। यह अमूमन उनके बजाय अपने महत्त्व की भावना को बढ़ाने के लिए किया जाता है।

ख़ुद से पूछें, "वे सही हैं या ग़लत, क्या इससे कोई सच्चा फ़र्क़ पड़ता है?" *सभी छोटे-छोटे युद्ध जीतने की कोशिश न करें।* यदि सामने वाले के अहं के सिवा कोई चीज़ शामिल नहीं है, तो ज़हमत क्यों उठाना? आप जो नकारात्मक छाप छोड़ेंगे, वह आपके अहं की छोटी सी विजय से कहीं भारी पड़ेगी।

4

दूसरों के कार्यों और नज़रियों को नियंत्रित करना

आपने सम्मोहनकर्ता स्वेंगली के बारे में सुना होगा, जो किसी रहस्यमयी शक्ति से लोगों के कार्यों और व्यवहार को नियंत्रित करते थे?

आपको यह जानकर हैरानी हो सकती है कि हममें से प्रत्येक छोटा-मोटा स्वेंगली होता है। हम सम्मोहन में तो माहिर नहीं होते हैं, लेकिन इसके बावजूद हम दूसरों पर नियंत्रण करते हैं। एकमात्र समस्या यह है कि हमें यह पता नहीं होता है कि हम इस शक्ति का इस्तेमाल कर रहे हैं और हमें यह भी पता नहीं होता कि अमूमन हम अपने पक्ष के बजाय इसका इस्तेमाल अपने विपक्ष में करते हैं। हममें से प्रत्येक जिसके भी संपर्क में आता है, उसके कार्यों और नज़रियों को प्रभावित व नियंत्रित करने की कोशिश करता है। हमारे पास बस यह विकल्प होता है : हम इसका इस्तेमाल अच्छे के लिए करेंगे या बुरे के लिए; अपने लाभ के लिए या अपने नुक़सान के लिए?

आपको यह जानकर हैरानी हो सकती है कि जब भी कोई आपके साथ अशिष्टतापूर्ण बर्ताव किया या अतार्किक ढंग से काम करता है,

तो हो सकता है कि उसे आपने ही आमंत्रित किया हो। **आपको वही नज़रिया अपनाना चाहिए, जो आप दूसरों में देखना चाहते हैं।** लोग दूसरों के नज़रिये और कार्य पर वैसी ही प्रतिक्रिया करते हैं। इस सिद्धांत पर अमल करने से आपको आश्चर्यजनक परिणाम मिलते हैं। हर व्यक्ति सही चीज़ करना चाहता है। जीवन में हमारे सामने जो मंच तैयार होता है, उसी के अनुरूप हम अपनी भूमिका निभाते हैं। हमारे मन में एक अचेतन आकांक्षा यह रहती है कि हम अपने बारे में दूसरों की राय के अनुरूप अच्छे या बुरे बनें।

लोक-व्यवहार में हम दूसरों के व्यवहार में अपने ख़ुद के नज़रिये की झलक देखते हैं। ऐसा लगता है, मानो हम किसी दर्पण के सामने खड़े हों। जब हम मुस्कराते हैं, तो आईने वाला भी मुस्कराता है; जब हम त्यौरी चढ़ाते हैं, तो वह भी त्यौरी चढ़ा लेता है; और जब हम चिल्लाते हैं, तो वह भी पलटकर चिल्लाता है। यह जानने के बाद आप दूसरों की भावनाओं को काफ़ी आश्चर्यजनक हद तक नियंत्रित कर सकते हैं। जब आप ख़ुद को किसी विस्फोटक स्थिति में पाएँ, जो किसी भी पल हाथ से बाहर निकल सकती हो, तो अपनी आवाज़ नीची कर लें और इसे मृदु रखें। इससे दूसरे भी अपनी आवाज़ नीची रखने के लिए मजबूर हो जाएँगे। अगर वे अपनी आवाज़ मृदु रखते हैं, तो वे नाराज़ और भावनात्मक नहीं हो सकते। ध्यान रहे, अगर आप सामने वाले के गुस्सा होने के बाद इस तकनीक का इस्तेमाल करेंगे, तो यह काम नहीं करेगी। लेकिन क्रोध के आने से पहले इस तकनीक का इस्तेमाल कारगर होता है।

उत्साह संक्रामक होता है। उत्साह सर्दी से ज़्यादा संक्रामक होता है; और तटस्थता या उत्साह की कमी भी। *आप किसी को कोई सामान तब तक नहीं बेच सकते, जब तक कि आप उसके बारे में ख़ुद उत्साहित न हों।*

विश्वास से विश्वास उत्पन्न होता है। जिस तरह आप अपने उत्साह से दूसरों को उत्साहित कर सकते हैं, ठीक उसी तरह आप विश्वासपूर्वक काम करके दूसरों का विश्वास जीत सकते हैं। दुखद सच्चाई यह है कि औसत योग्यता वाले कई लोग असाधारण गुणों वाले लोगों से आगे निकल जाते हैं, क्योंकि वे यह जानते हैं कि विश्वास के साथ काम कैसे किया जाता है।

सभी महान लीडर यह बात जानते हैं। मिसाल के तौर पर, जब नेपोलियन के पहले निर्वासन के बाद उन्हें पकड़ने के लिए फ़्रांसीसी सेना भेजी गई, तो वे बहादुरी से उसके सामने आए। उन्होंने परम विश्वास के साथ काम किया, मानो उन्हें यह उम्मीद थी कि सेना उनके आदेश मानेगी। नतीजा यह हुआ कि सेना ने उनके आदेश माने।

जॉन डी. रॉकेफ़ेलर ने भी इसी तकनीक का इस्तेमाल किया था। जब एक क़र्ज़ देने वाले ने यह सुझाव दिया कि वह उधार वापस चाहता है, तो रॉकफ़ेलर ने झटके से अपनी चेकबुक निकाली। उन्होंने पूछा, “आप क्या ज़्यादा पसंद करेंगे, नक़द या स्टैंडर्ड ऑइल के शेयर?” वे इतने शांत और आत्म-विश्वासी नज़र आ रहे थे कि लगभग सभी क़र्ज़ देने वालों ने शेयर का विकल्प चुना और किसी को भी इस बात पर कभी अफ़सोस नहीं हुआ। *यदि आप ख़ुद में विश्वास करते हैं और इस तरह काम करते हैं, मानो आपको ख़ुद पर विश्वास है, तो दूसरे भी आप पर विश्वास करने लगेंगे।*

अपने व्यक्तित्व में थोड़ी चुंबकीयता भरें। आत्म-विश्वास कई सूक्ष्म तरीक़ों से झलकता है। हो सकता है कि हमने कभी विश्लेषण न किया हो कि हमें किसी ख़ास व्यक्ति पर विश्वास क्यों है, लेकिन अवचेतन रूप से हम इन छोटे-छोटे संकेतों के आधार पर दूसरों का मूल्यांकन करते हैं।

1. **अपनी चाल पर ग़ौर करें; आपकी शारीरिक क्रियाएँ आपके मानसिक नज़रिये को व्यक्त करती हैं।** यदि आप किसी को झुके कंधे के साथ चलते देखते हैं, तो आप सोचते हैं कि उनका बोझ इतना भारी है कि उठ नहीं रहा है। वे हताशा और निराशा का भारी बोझ ढोते नज़र आते हैं। यदि किसी की आत्मा पर कोई बोझ है, तो यह हमेशा उसके शरीर को भी झुका देगा। अगर कोई सिर और आँखें नीची करके चलता है, तो आप एक निराशावादी व्यक्ति को देख रहे हैं। भीरु व्यक्ति अनिश्चित, झिझकते हुए क़दमों से चलता है, मानो उसे खुलकर चलने में डर लगता हो।

   विश्वास से भरा इंसान साहस के साथ क़दम उठाता है। उनका सीना तना होता है, उनकी आँखें सीधी और ऊपर एक लक्ष्य की ओर होती हैं, जिस तक पहुँचने का उसे पूरा विश्वास होता है।

2. **आपका हाथ मिलाने का अंदाज़** सामने वाले को इस बारे में बहुत कुछ बता देता है कि आप अपने बारे में कैसा महसूस करते हैं। मरियल, गीले कपड़े जैसे हाथ मिलाने वाले आदमी का आत्म-विश्वास कम होता है। हड्डी चकनाचूर करने वाला आत्म-गौरव के अभाव की भरपाई कर रहा है। दृढ़ हाथ मिलाना और बस थोड़ा सा दबाने से यह संदेश मिलता है, "मेरी चीज़ों पर दृढ़ पकड़ है।" यह आत्म-विश्वास दर्शाता है।

3. **अपनी आवाज़ के लहज़े को संयत रखें।** हम अपनी आवाज़ के ज़रिये खुद को जितना ज़्यादा व्यक्त करते हैं, उतना किसी दूसरे तरीक़े से नहीं करते। आवाज़ संवाद का सबसे ज़्यादा विकसित माध्यम है। आपकी आवाज़ आपके विचारों को ही संप्रेषित नहीं करती है; यह अपने बारे में आपकी भावनाओं को भी उजागर

करती है। अपनी आवाज़ को सुनें। इसमें निराशा का पुट है या साहस का? क्या आपको रोने-बिसूरने की आदत पड़ गई है? आप आत्म-विश्वास के साथ बोलते हैं या बस बुदबुदाते हैं?

4. **मुस्कान के जादुई स्विच का इस्तेमाल करें।** सच्ची मुस्कान दूसरों में दोस्ताना भाव जगा देती है। सिर्फ़ चेहरे से ही न मुस्कुराएँ; भीतर से मुस्कुराएँ। हर व्यक्ति को एक अच्छी मुस्कान का वरदान मिला है; बस इसे बाहर निकालने की देर होती है। यदि आप अपनी मुस्कान का इस्तेमाल नहीं कर रहे हैं, तो आप उस व्यक्ति की तरह हैं, जिसके पास बैंक में दस लाख तो हैं, लेकिन चेकबुक नहीं है।

लोगों से बेहतर प्रदर्शन कराने का एकमात्र तरीक़ा विन्स्टन चर्चिल की सलाह पर अमल करना है : "मैंने पाया है कि यदि आप किसी व्यक्ति को कोई गुण *हासिल* करते देखना चाहते हैं, तो इसका सर्वश्रेष्ठ तरीक़ा उस पर वह गुण *चिपकाना* है।" दूसरों को जता दें कि आप उन पर भरोसा करते हैं; और वे भरोसेमंद बन जाएँगे। जो लोग दूसरों को बेहतर बनाने की कोशिश में उन्हें शर्मिंदा करते हैं, धमकाते हैं या सलाह देते हैं कि उन्हें क्या करना चाहिए, वे शायद ही कभी सफल होते हैं; अक्सर वे मामले को बदतर बना देते हैं। कोई भी पूरी तरह अच्छा या बुरा नहीं होता। हम सभी के व्यक्तित्व के अलग-अलग पहलू होते हैं। हम जो पहलू पेश करते हैं, वह वही होता है, जो दूसरे हमारे अंदर से बाहर निकालते हैं। दूसरों के अच्छे और उदार पहलू को बाहर निकालने के लिए संवाद और मनोविज्ञान का इस्तेमाल करें।

आज ही एक उत्साही, आत्म-विश्वासी नज़रिया और अंदाज़ विकसित करना शुरू करें। खुलकर बोलें। अपनी मुद्रा पर ग़ौर करें। अपना सिर उठाकर चलें। आत्म-विश्वास भरे क़दमों से चलें, मानो आप किसी महत्त्वपूर्ण जगह जा रहे हों।

5

एक अच्छा प्रभाव छोड़ना

हम जिस अंदाज़ में दूसरों की ओर जाते हैं, हमारे शुरुआती शब्द और कार्य लगभग हमेशा पूरी मुलाक़ात का माहौल तय कर देते हैं। आप दूसरों के कार्यों और नज़रियों को काफ़ी हद तक नियंत्रित कर सकते हैं, बशर्ते आप उसी अंदाज़ में बातचीत शुरू करें, जिस पर आप इसे ख़त्म करना चाहते हैं।

यदि आप कारोबार पर बातचीत कर रहे हैं, तो कारोबारी अंदाज़ में शुरुआत करें। यदि आप अनौपचारिक बनना चाहते हैं, तो अनौपचारिक अंदाज़ में शुरुआत करें। दूसरे उसी अनुरूप व्यवहार करेंगे। आपने जो मंच बनाया है, उस पर वे अपनी भूमिका निभाएँगे। जब भी आप दूसरों से पेश आते हैं, तो हर बार आप एक मंच बना रहे हैं। यदि आप कॉमेडी के लिए मंच तैयार करते हैं, तो गंभीर न बनें। यदि आप ट्रेजेडी के लिए मंच तैयार करते हैं, तो दूसरों से चंचलता की उम्मीद न करें। "यह बस सफल नहीं हुआ," हम किसी सम्मेलन या इंटरव्यू के बारे में बोलते हैं, जो हमारे मनचाहे तरीक़े

से नहीं हुआ। लगभग हमेशा इसका कारण यह होता है कि हमने इसे ग़लत अंदाज़ में शुरू किया था।

किसी तरह की बातचीत करने से पहले ख़ुद से पूछें : "मैं इससे सचमुच क्या चाहता हूँ? कौन सी मनोदशा रहनी चाहिए?" फिर वह माहौल बनाएँ, जिससे मंच तय होगा। हम यह याद रखकर दूसरों के कार्यों और नज़रियों को नियंत्रित कर सकते हैं कि हम जो पहली छाप छोड़ते हैं, उसके स्थायी छाप होने की काफ़ी संभावना है।

दूसरे लोगों के मन में आपकी कैसी छवि बनती है, इसके लिए आप किसी दूसरे से ज़्यादा ज़िम्मेदार होते हैं। कई लोग चिंता करते हैं कि दूसरे उनके बारे में क्या सोचेंगे। **हमारे बारे में संसार की राय काफ़ी हद तक उस राय के आधार पर बनती है, जो हमारी ख़ुद के बारे में होती है।** यदि आपको उस तरह स्वीकार नहीं किया जाता है, जिस तरह आप चाहते हैं, तो शायद आपको ख़ुद को दोष देना चाहिए। अगर आप इस तरह काम करते हैं, मानो आप नाचीज़ हैं, तो संसार आपकी राय को मान लेगा। अगर आप इस तरह काम करते हैं, मानो आप ख़ास हैं, तो संसार के पास आपसे ख़ास जैसा बर्ताव करने के अलावा दूसरा कोई विकल्प नहीं रहेगा।

अभिनय न करें

हम सब ख़ुद को जितना चतुर समझते हैं, अवचेतन रूप से हम उससे ज़्यादा चतुर होते हैं। हो सकता है कि चेतन मन लोगों के ओढ़े हुए नक़ाबों का विश्लेषण करने और उनकी असलियत पहचानने में ज़्यादा चतुर न हो, लेकिन हमारा अवचेतन इस मामले में बहुत चतुर होता है। हमारा अवचेतन मन हमें बता देता है कि अभिनय करने

वाला व्यक्ति दरअसल हमारे बारे में अच्छी राय नहीं रखता है। बहुत सारे लोग ख़राब छाप छोड़ देते हैं, क्योंकि आपका मूल्यांकन सिर्फ़ इसी आधार पर नहीं होता है कि आप ख़ुद को कितना महत्त्वपूर्ण मानते हैं।

आपका मूल्यांकन इस आधार पर भी होता है कि आप दूसरी चीज़ों को कितना महत्त्व देते हैं : आपकी नौकरी, आपकी राय और आपकी प्रतिस्पर्धा। एक बुद्धिमान व्यक्ति ने एकबार कहा था, "मूल्यांकन न करें, ताकि आपका भी मूल्यांकन न किया जाए।" यह मानव संबंधों के लिए एक अच्छा सबक़ है। **जब भी हम किसी चीज़ का मूल्यांकन करते हैं, तो हर बार हम दूसरों को अपना मूल्यांकन करने का एक संकेत देते हैं।**

आप अपनी नौकरी या अपनी कंपनी को कितना महत्त्व देते हैं? जब कोई आपसे पूछता है कि आप कहाँ काम करते हैं, तो क्या आप क्षमा माँगने जैसे अंदाज़ में जवाब देते हैं, "ओह, मैं पीपल्स बैंक में काम करता हूँ," मानो आप इस बात पर शर्मिंदा हों? या फिर आप गर्व से कहते हैं, "मैं देश के इस इलाक़े के सबसे अच्छे बैंक में काम करता हूँ।" यदि आप दूसरा जवाब देते हैं, तो लोग आपको ज़्यादा महत्त्वपूर्ण मानेंगे। यदि आप यह अहसास देते हैं कि आपकी कंपनी या आपके बारे में कोई दूसरी चीज़ ज़्यादा महत्त्वपूर्ण नहीं है, तो दूसरे लोग सोचेंगे कि आप भी ज़्यादा महत्त्वपूर्ण नहीं हो सकते।

प्रतिस्पर्धा की आलोचना न करें

यदि आप अच्छी छाप छोड़ना चाहते हैं, तो दूसरों या उनके प्रॉडक्ट्स की आलोचना न करें। इसके बजाय अपने प्रॉडक्ट्स को बढ़ावा दें।

न सिर्फ़ लोग नकारात्मक चर्चा को नापसंद करते हैं, बल्कि आप एक नकारात्मक मंच भी तैयार कर रहे हैं।

आप एक नकारात्मक मनोदशा बना रहे हैं और अगर आप बेच रहे हैं, तो आपको संभावित ग्राहक या प्रॉस्पेक्ट से हाँ कहलाने में मुश्किल आएगी। सकारात्मक माहौल बनाकर दूसरों को हाँ की मनोदशा में ले आएँ। एक अच्छा नियम यह है कि दूसरों से शुरुआती प्रश्नों पर हाँ कराएँ : "यह रंग कितना सुंदर है?" या "क्या यह कलाकारी आपको शानदार नहीं लगती?" जब कोई आपके शुरुआती प्रश्नों पर कुछ बार हाँ कहता है, तो उसके बाद आपके बड़े प्रश्न पर हाँ कहना उसके लिए ज़्यादा आसान हो जाता है।

लेकिन हाँ के प्रश्न कई बार नकारात्मक हो सकते हैं। "कितनी भीषण गर्मी है?" "संसार रसातल में पहुँच गया है, है ना?" ऐसे प्रश्नों पर हाँ का जवाब तो मिलता है, लेकिन मनोदशा नकारात्मक हो जाती है। निराशावादी, उदास लोग आम तौर पर सावधान और झिझकने वाले होते हैं। ख़ुशमिज़ाज, आशावादी लोग प्रॉडक्ट और विचार ख़रीदते हैं। वे ज़्यादा उदार होते हैं, विस्तार करने और जोखिम लेने के ज़्यादा इच्छुक होते हैं।

ऐसे प्रश्न न पूछें या निर्देश जारी न करें, जिनसे यह संकेत मिलता हो कि आपको मुश्किल का अंदेशा है। **ऐसे सवाल पूछें, जो जवाब की भूमिका बना देते हैं :** "मुझे यक़ीन है कि यह आपको पसंद है, है ना?" यह न पूछें, "क्या आपको यह पसंद है?" प्रश्न पूछते वक़्त अपना सिर सकारात्मक अंदाज़ में हिलाएँ। आपके कार्य सामने वाले की रायों और कार्यों को निश्चित रूप से प्रभावित करते हैं।

शांति से मान लें कि दूसरे आपका मनचाहा काम कर देंगे। शुरू करते समय पूरे मामले के मुख्य बिंदु की थाह लें। प्रभावित करने की बहुत कड़ी कोशिश न करें; दूसरों को यह जता दें कि वे अच्छा प्रभाव छोड़ रहे हैं।

6

आकर्षक व्यक्तित्व विकसित करना

आकर्षक व्यक्तित्व का रहस्य क्या है? हम सभी ऐसे लोगों को जानते हैं, जो नैसर्गिक रूप से मित्रों और ग्राहकों को आकर्षित कर लेते हैं। ये लोग इंसान की तीन बुनियादी भूखों को संतुष्ट करने का तरीक़ा जानते हैं :

1. **स्वीकृति।** लोग जैसे हैं, उन्हें वैसे ही स्वीकार करना अनिवार्य है; उन्हें अपने असल स्वरूप में रहने दें। इस बात पर ज़ोर न दें कि जब तक कोई व्यक्ति आदर्श नहीं होगा या बदलेगा नहीं, तब तक आप उसे पसंद नहीं कर सकते। नैतिक ज़िरहबख़्तर न बनाएँ और आपके अनुमोदन के लिए दूसरों से इसे पहनने की अपेक्षा न करें। जो व्यक्ति आलोचना करता है, दूसरों में दोष खोजता है, हमेशा यह देखता है कि लोग कहाँ पर कमतर हैं, जो हमेशा समाधान का सुझाव देता रहता है, वह लोकप्रियता के काफ़ी नीचे की पायदान पर रहता है। वह कभी उन लोगों की भगदड़ का शिकार नहीं बनेगा, जो उसका क़रीबी मित्र बनने की आशा कर रहे हों।

जो लोग दूसरों को उनके वर्तमान स्वरूप में ही स्वीकार और पसंद करते हैं, उनके पास उनके व्यवहार को बदलकर बेहतर बनाने के मामले में सबसे ज़्यादा प्रभाव होता है। किसी के पास भी किसी दूसरे को "सुधारने" की शक्ति नहीं होती। लेकिन लोग जैसे हैं, वैसे ही उन्हें पसंद करके आप उन्हें ख़ुद को बदलने की शक्ति दे देते हैं।

2. **अनुमोदन।** यह मंज़ूर करने से आगे तक जाता है, जो तुलनात्मक रूप से थोड़ा नकारात्मक होता है। हम दूसरों को उनकी ख़ामियों के बावजूद स्वीकार करते हैं और अपनी मित्रता देते हैं। अनुमोदन का अर्थ थोड़ा ज़्यादा सकारात्मक है, क्योंकि यह सिर्फ़ ख़ामियों को सहन करने से परे जाता है और कोई ऐसी चीज़ खोजता है, जिसे हम पसंद कर सकें। आप अनुमोदन के लिए दूसरों में कोई न कोई चीज़ हमेशा खोज सकते हैं। हो सकता है कि यह छोटी या महत्त्वहीन चीज़ हो, लेकिन दूसरों को जता दें कि आप उस चीज़ का अनुमोदन करते हैं; फिर आप जिन चीज़ों का सचमुच अनुमोदन करते हैं, उनकी संख्या बढ़ जाएगी। जब दूसरे आपके अनुमोदन का स्वाद लेते हैं, तो वे अपने व्यवहार को बदलने लगेंगे, ताकि आप उनकी दूसरी चीज़ों का भी अनुमोदन करें। प्रशंसनीय चीज़ों को खोजें; प्रशंसा करें; और लोगों को दमकते हुए देखें!

3. **प्रशंसा।** प्रशंसा शब्द का अर्थ है *महत्त्व बढ़ाना।* ठहरकर सोचें कि दूसरे आपके लिए कितने महत्त्वपूर्ण हैं : आपकी पत्नी, पति, बच्चे, बॉस, कर्मचारी, ग्राहक। अपने मन में उनके महत्त्व पर ज़ोर दें। फिर दूसरों को यह बताने के तरीक़े खोजें कि आप उन्हें कितना महत्त्व देते हैं। यहाँ कुछ तरीक़े दिए जा रहे हैं,

जिनसे आप अपनी प्रशंसा का इज़हार कर सकते हैं :

1. **लोगों से इंतज़ार न कराएँ।**

2. **यदि कोई ऐसा व्यक्ति है, जिससे आप तुरंत नहीं मिल सकते, तो उसकी उपस्थिति को मान्यता दें। उसे बता दें कि आप उससे यथासंभव शीघ्रता से मिलेंगे।**

3. **लोगों को धन्यवाद दें।**

4. **लोगों के साथ "ख़ास" बर्ताव करें।**

आख़िरी बिंदु अतिरिक्त टिप्पणी के लायक़ है। सामान्य बर्ताव अहं को जितना पिचकाता है, उतना कुछ नहीं पिचकाता। हम सभी अपने अनूठे महत्त्व के लिए मान्यता पाना चाहते हैं। इस मामले में फूलों से सबक़ लें; चूँकि उन्हें पराग छिड़कने के लिए मधुमक्खियों की ज़रूरत होती है, इसलिए वे मधुमक्खियों को आकर्षित करने और पोषण देने के लिए शहद की कुछ बूँदें बाहर रख देते हैं। आकर्षक व्यक्तित्व वाला व्यक्ति लोगों की इस बुनियादी भूख को शांत करता है।

लोगों को आकर्षित करने के लिए इस त्रिकोणीय फ़ॉर्मूले का इस्तेमाल शुरू कर दें।

7

प्रभावी ढंग से संवाद करना सीखना

सफल लोगों में एक चीज़ आम होती है। वे *शब्दों का इस्तेमाल* करने में बहुत निपुण होते हैं। आमदनी और शाब्दिक योग्यता इतनी क़रीबी तौर पर जुड़ी होती हैं कि अगर आप अपनी शब्द शक्ति बढ़ा लेते हैं, तो आप यह विश्वास कर सकते हैं कि आपकी आमदनी भी बढ़ जाएगी।

ख़ुशी भी काफ़ी हद तक अपने विचारों, इच्छाओं, आशाओं या निराशाओं को व्यक्त करने की योग्यता पर निर्भर करती है। कई लोग इसलिए दुखी रहते हैं, क्योंकि वे ख़ुद को व्यक्त नहीं कर पाते हैं और अपने विचारों व भावनाओं को अपने भीतर सात तालों में बंद रखते हैं। कई लोग इसलिए अक्षम महसूस करते हैं, क्योंकि वे यह नहीं जानते हैं कि कोई बातचीत कैसे शुरू की जाए, ख़ास तौर पर किसी अजनबी के साथ। उनके पास रोचक विचारों का ख़ज़ाना होता है; उन्हें तो बस यह पता नहीं होता कि इस ख़ज़ाने का ताला कैसे खोला जाए। विलियम जेम्स ने समस्या की जड़ को पहचान लिया था और बताया था कि अच्छे वार्ताकार बनने में इतने सारे लोगों को मुश्किल क्यों आती

है : "... उन्हें बहुत सतही, बहुत स्पष्ट या झूठी बात कहने का डर होता है... या किसी न किसी तरह से ऐसी बात कहने का, जो स्थिति के लिहाज़ से उपयुक्त या पर्याप्त न हो।"

आदर्श बनने की कोशिश छोड़ दें। कोई भी हर समय मंत्रमुग्ध नहीं कर सकता।

छुटपुट चर्चा का गुणयुक्त होना ज़रूरी नहीं है। हर व्यक्ति घिसी-पिटी बातें करता है; हर कोई ऐसी छुटपुट चर्चा में संलग्न होता है, जिसमें कोई भी चतुराई भरी या महत्त्वपूर्ण चीज़ नहीं कही जाती। बातचीत के पहिये घुमाने के लिए छुटपुट चर्चा ज़रूरी होती है। अगर आपको इस बात का अहसास हो जाए और आप बोझिल होने से न घबराएँ तो आप किसी अजनबी के साथ अच्छी चर्चा शुरू कर सकते हैं। आपको यह पाकर हैरानी हो सकती है कि आप चतुराई भरी और रोचक बातें कह रहे हैं, क्योंकि आप ऐसा कहने की कोशिश नहीं कर रहे हैं।

अपने विषय के लिए भूमिका। किसी बातचीत को शुरू-शुरू में गरमाने की ज़रूरत होती है। यह अपेक्षा न करें कि आप पहले ही पल से "अति प्रभावशाली" बातचीत शुरू कर देंगे। छुटपुट चर्चा न सिर्फ़ बातचीत शुरू कर सकती है, बल्कि इसका इस्तेमाल दूसरों को तैयार करने के लिए भी किया जा सकता है।

लोगों से उनके बारे में बात कराएँ। अगली बार जब आपका किसी से परिचय कराया जाए और आप कहने के लिए कोई बात न सोच पाएँ, तो इस तरह के प्रश्नों से सामने वाले को तैयार करने की कोशिश करें : "आप कहाँ से हैं?," "आप हमारे मौसम के बारे में क्या सोचते हैं?," "क्या आपका परिवार है?," "आप किस तरह के

व्यवसाय में हैं?" इन प्रश्नों की बदौलत दूसरे ख़ुद के बारे में बात करने लगते हैं, इसलिए ये अचूक शुरुआती प्रश्न हैं। वे गतिरोध को तोड़ देते हैं और वे दिखा देते हैं कि आप उनमें रुचि ले रहे हैं। आपको साझी रुचि का विषय खोजने की कोई ज़रूरत नहीं है; आप तो उस एक विषय पर उनसे बात कराते हैं, जिसके वे विशेषज्ञ हैं : *वे ख़ुद*।

वार्तालाप में निपुण बनने की कला में यह ज़्यादा महत्त्वपूर्ण नहीं है कि बोलने के लिए बहुत सारी चतुराई भरी बातें सोची जाएँ या ऐसे वीरतापूर्ण अनुभव हों, जिनका आप बखान कर सकें; इसमें तो दूसरों के साथ खुलना और उनसे बातचीत कराना ज़्यादा महत्त्वपूर्ण होता है। यदि आप दूसरों को बोलने के लिए प्रेरित कर सकते हैं, तो आप अच्छे वार्ताकार होने की प्रतिष्ठा हासिल कर लेंगे। यदि आप दूसरों से उनके बारे में बात कराते रहें, तो वे आपके और आपके विचारों के प्रति जितना ज़्यादा खुलेंगे, उतना किसी दूसरी चीज़ से नहीं खुलेंगे।

दूसरों की रुचि जगाने के लिए प्रश्न पूछें। इस तरह के प्रश्न पूछकर बातचीत को सामने वाले की रुचियों की ओर मोड़ते रहें : क्यों? कहाँ? कैसे?

यदि कोई कहता है, "मेरे पास इंडियाना में 25 एकड़ की छोटी सी जगह है," तो कूदकर यह न बोलें, "देखो, मेरे पास टैक्सस में 500 एकड़ ज़मीन है।" इसके बजाय यह पूछें, "इंडियाना में कहाँ पर? यह आपके पास कितने समय से है?" इस तरह के प्रश्नों से सामने वाले को लगने लगेगा कि आप उन सबसे रोचक लोगों में से एक हैं, जिनसे वह आज तक मिला है।

मानव संबंधों में एक घातक पाप होता है, जिससे आपको बचना चाहिए। इंसान दिल से स्वार्थी होता है। उसकी पहली, आख़िरी और हमेशा रुचि ख़ुद में होती है। दिखाएँ कि आप दूसरों में रुचि रखते हैं; इसके बाद ही वह आपमें रुचि लेगा।

उस नाटककार की तरह न बनें, जो दो घंटे से ज़्यादा समय तक ख़ुद के बारे में बात करता रहा। इसके बाद वह अपने साथी की ओर मुड़कर बोला, "अब मेरे बारे में बहुत बातें हो गईं। आइए अब आपके बारे में बात करते हैं। आप मेरे नाटकों के बारे में क्या सोचते हैं?"

आप भी इंसान हैं; और यह स्वाभाविक है कि आपके मन में भी ख़ुद के बारे में बात करने का प्रलोभन होगा। आप दमकना चाहते हैं। आप दूसरों को प्रभावित करना चाहते हैं। लेकिन दूसरों के आकलन में आप कहीं ज़्यादा ऊँचे होंगे, अगर आप बातचीत का रुख़ अपने बजाय उनकी ओर मोड़ देंगे। तब दूसरों के मन में आपकी ज़्यादा ऊँची राय होगी।

ख़ुद से पूछें : "इस स्थिति से मैं क्या चाहता हूँ?" क्या आप अपने अहं को बढ़ाना चाहते हैं? या फिर आप सामने वाले व्यक्ति का अनुमोदन, व्यवसाय, अनुमति या सद्भाव चाहते हैं? यदि आप सिर्फ़ अपने अहं को फुलाना चाहते हैं, तो पूरी तरह से अपने ही अपने बारे में बात करें; लेकिन बातचीत से इसके अलावा किसी दूसरी चीज़ के मिलने की उम्मीद न करें।

सार्वजनिक वक्ता ख़ुद के बारे में बोलते हैं। लेकिन इन लोगों को ऐसा करने के लिए *आमंत्रित* किया जाता है और उनके श्रोता बंधक नहीं होते, बल्कि स्वेच्छा से आते हैं। जब तक कि आपने कोई हॉल

किराये पर न लिया हो और पहले से विज्ञापन न किया हो, तब तक आपके श्रोताओं के पास यह जानने का कोई तरीक़ा नहीं होगा कि वे आपके कारनामों के बारे में सुनने के लिए मजबूर होने वाले हैं।

जब आपको आमंत्रित किया जाता है और पूछा जाता है, तभी ख़ुद के बारे में बात करें। यदि दूसरों की रुचि होगी, तो वे पूछ लेंगे। फिर अपने बारे में थोड़ी बात करें, लेकिन इसकी अति न करें। प्रश्न पूछें और चर्चा का रुख़ दोबारा उनकी ओर मोड़ दें। *मैं-भी तकनीक* का इस्तेमाल करें। जब ख़ुद को बातचीत में लाने का एक और सही समय तब होता है, जब आप सामने वाले व्यक्ति को अपने बारे में कोई ऐसी चीज़ बता सकें, जो उसकी कही बात से जुड़ी हो या आपके बीच जुड़ाव का बंधन बनाती हो। अगर कोई कहता है : "मैं देहात में पला-बढ़ा हूँ," और आप कहते हैं, "मैं भी," और अपने अनुभव के बारे में थोड़ा बताते हैं, तो इससे वह ज़्यादा महत्त्वपूर्ण महसूस करता है। बंधन जोड़ने वाली बातचीत में अपना ज़िक्र करना दूसरों के लिए प्रशंसापूर्ण होता है। ऐसा करके आप कह रहे हैं, "मैं आपकी बात से सहमत हूँ। मैं भी इसे पसंद करता हूँ। मैं भी इसमें विश्वास करता हूँ।" आपके या आपके अतीत के बारे में जो भी चीज़ दूसरों के समान होती है, उससे उन्हें आपको पसंद करने में मदद मिलेगी। हम उन लोगों को पसंद करते हैं, जो हमसे सहमत होते हैं; हम उन लोगों को नापसंद करते हैं, जो हमसे असहमत होते हैं। जो लोग असहमत होते हैं, वे हमारे आत्म-गौरव के लिए संभावित जोखिम होते हैं। जब आप सहमत होते हैं, तो आप ख़ुद को पसंद करने में सामने वाले व्यक्ति की मदद करते हैं।

भले ही कुछ बिंदुओं पर असहमत होना लाज़िमी हो, लेकिन हमेशा ऐसे बिंदु खोजें, जिन पर आप सहमत हो सकें। जब आप सहमति

का थोड़ा आधार बना लें, चाहे यह कितना ही छोटा हो, तो उन बिंदुओं पर एक साथ आना ज़्यादा आसान हो जाएगा, जिन पर आप असहमत हैं।

खुशनुमा बातचीत का इस्तेमाल करें। जो इंसान निराशावादी अंदाज़ में बात करने की आदत डाल लेता है, अपनी समस्याओं का लगातार रोना रोता रहता है, वह लोकप्रियता की कोई स्पर्धा नहीं जीत पाएगा। यदि आपके पास निजी समस्याएँ हैं, तो अपने पादरी, परामर्शदाता या विश्वसनीय मित्र के पास जाएँ। अपनी मुश्किलों का सार्वजनिक इज़हार न करें। अपनी बीमारियों और ऑपरेशनों के बारे में बातचीत न करते रहें। अपने कष्टों का वर्णन करने से आप हीरो नहीं बनते हैं; इससे आप सामने वालों को बोर कर देते हैं।

बैठकर खुद को पत्र लिखें। यदि आपके सीने में कोई गुबार है, जिसे आपको हल्का करने की ज़रूरत है, तो खुद को पत्र लिख लें। सटीकता से लिखें कि आप कैसा महसूस करते हैं; कोई भी चीज़ रोककर न रखें। पूरे विस्तार से बताएँ कि आपके साथ कितना ग़लत हुआ; जीवन कितना अन्यायपूर्ण है। फिर इस पत्र को पूरा करने के बाद उसे जला दें। इसने आपका गुबार हल्का करने का मक़सद पूरा कर दिया है और आपको राहत मिलनी चाहिए। यह आपकी भावनाओं को बाहर निकाल देगा और लोगों को बताने की प्रबल आवश्यकता को कम कर देगा। हो सकता है आपको इसे दोहराने या तीन बार करने की ज़रूरत पड़े। लेकिन उसके बाद आप पाएँगे कि आप इसके बारे में ज़्यादा बोलना तो क्या, सोचना भी नहीं चाहते।

चिढ़ाने और ताने मारने के प्रलोभन से बचें। हममें से ज़्यादातर लोग दूसरों को मज़ाक़ में चिढ़ाते हैं, क्योंकि हम सोचते हैं कि उन्हें यह

पसंद आएगा। पति अपनी पत्नियों को और पत्नियाँ अपने पतियों को सार्वजनिक रूप से मज़ाक़ में चिढ़ाते हैं, क्योंकि उनके मन में यह ग़लतफ़हमी होती है कि यह स्नेह दिखाने का आकर्षक तरीक़ा है। हम इस आशा में ताने मारते हैं कि दूसरे हमारी चतुराई को पहचान लेंगे, हास्य को देख लेंगे और व्यक्तिगत बुरा नहीं मानेंगे।

चिढ़ाने वाले मज़ाक़ और ताने दोनों का ही निशाना दूसरों के आत्म-गौरव पर होता है। जो भी चीज़ आत्म-गौरव के लिए जोखिम दिखती है, वह ख़तरनाक होती है, भले ही इसे मज़ाक़ में किया जाए। यदि सामने वाला आपको पर्याप्त लंबे समय से जानता है, आपको पर्याप्त अच्छी तरह पसंद करता है और आप इसकी अति नहीं करते हैं, तो आप चिढ़ाने वाले मज़ाक़ के दुष्परिणामों से बच सकते हैं। लेकिन इसके ख़िलाफ़ संभावनाएँ इतनी ज़्यादा हैं कि कोशिश न करना ही ज़्यादा सुरक्षित है।

अपनी संवाद योग्यताओं को बेहतर बनाने के लिए इन विधियों का इस्तेमाल आज ही शुरू कर दें। अजनबियों पर अभ्यास करें। इसे हर दिन करते रहें, जब तक कि इसकी आदत न पड़ जाए।

8

सुनना

ओलिवर वेंडेल होम्स ने लिखा था : "सहानुभूति और समझ भरे अंदाज़ में दूसरों की बात सुनने की योग्यता लोगों के साथ हिल-मिलकर रहने और उनकी मित्रता हासिल करने के लिए शायद संसार का सबसे प्रभावी तरीक़ा है।"

आप किसी से मिलते हैं और उससे विदा लेने के बाद आपको महसूस होता है कि चीज़ें आपकी इच्छा के अनुरूप नहीं हुईं। आप पूछते हैं, "मैं ऐसा क्या कह सकता था, जिससे वह ज़्यादा दोस्ताना हो जाता, मेरे विचारों के प्रति ज़्यादा अनुकूल हो जाता?" आश्चर्यजनक रूप से जवाब यह हो सकता है : "कुछ नहीं।" आपका प्रदर्शन ख़राब इसलिए नहीं रहा, क्योंकि आपने कोई ग़लत बात कह दी या कोई सही बात नहीं कही; आपका प्रदर्शन तो इसलिए ख़राब रहा, क्योंकि आपने सही तरीक़े से नहीं सुना।

सुनने से आप चतुर बनते हैं। हममें से ज़्यादातर लोग चाहते हैं कि दूसरे हमें चतुर और बुद्धिमान मानें। लोगों को इस बात का विश्वास दिलाने का एक अचूक तरीक़ा यह है कि हम उनकी बात सुनें और उस पर ध्यान दें। आप उनकी कही बातों को इतना महत्त्वपूर्ण मानते

हैं कि ग़ौर से सुन रहे हैं, इस बात से उन्हें यह विश्वास हो जाता है कि आप बहुत बुद्धिमान व्यक्ति हैं। अपने मित्रों और परिचितों के बारे में सोचें। बुद्धिमान और समझदार होने की प्रतिष्ठा किसकी है? क्या यह उस व्यक्ति की है, जो हमेशा प्रश्न पूछने से पहले ही जवाब देने को तत्पर रहता है? क्या यह उस व्यक्ति की है, जो दूसरों की बात पूरी होने से पहले ही अपनी टिप्पणी से बात काट देता है? या फिर यह उस व्यक्ति की है, जो बहुत ज़्यादा सुनता है?

अगर आप ग़ौर से सुनें, तो लोग आपको बता देंगे कि वे क्या चाहते हैं। आप अँधेरे में लक्ष्य पर निशाना नहीं लगा सकते। कार निर्माता अपनी कार का डिज़ाइन बनाने से पहले जनता की नब्ज़ पर हाथ रखकर पता लगाते हैं कि लोग क्या चाहते हैं। आपको अपनी तरफ़ फेंकी गई गेंद पर उचित प्रतिक्रिया करनी होती है। आपको उचित प्रतिक्रियाएँ लगातार देनी चाहिए। अच्छे मानवीय संबंध दोतरफ़ा होते हैं : देना और लेना; क्रिया और प्रतिक्रिया। यदि आप यह नहीं जानते हैं कि दूसरे क्या चाहते हैं या वे किसी स्थिति के बारे में कैसा महसूस करते हैं या उनकी ख़ास आवश्यकताएँ क्या हैं, तो आपको उनके बारे में नवीनतम जानकारी नहीं है। अगर आपके पास नवीनतम या पूरी जानकारी नहीं है, तो आप उन्हें प्रेरित भी नहीं कर सकते।

बहुत ज़्यादा बोलने से आपके भेद खुल जाते हैं। कई बार दूसरों से व्यवहार में ऐसी स्थितियाँ आती हैं, जहाँ यह महत्त्वपूर्ण हो जाता है कि हम अपने पत्ते समय से पहले न दिखाएँ और जहाँ हमें दूसरों की स्थिति को महसूस करने की ज़रूरत होती है। रणनीति यह होनी चाहिए कि हम पहले यह पता लगाएँ कि दूसरे क्या जानते हैं; अपना हाथ दिखाने से पहले आपको यह मालूम होना चाहिए कि वे किस पर मान जाएँगे। जिस तरह हम दूसरों की बात

सुनकर उनकी स्थिति का पता लगा सकते हैं, उसी तरह हमारे बहुत ज़्यादा बोलने से उन्हें भी हमारी स्थिति पता चल जाती है।

सफल लोग अपना मुँह बंद रखते हैं और दूसरों को बोलने तथा लगातार बोलते रहने के लिए प्रोत्साहित करते हैं। यदि आप दूसरों से *पर्याप्त* बातचीत करा सकें, तो वे अपनी असली भावनाओं या उद्देश्यों को नहीं छिपा सकते। वे कोशिश ज़रूर कर सकते हैं; लेकिन वे हमेशा हार जाएँगे।

इसलिए यदि आप दूसरों को यह पता नहीं चलने देना चाहते कि आपके दिमाग़ में सचमुच क्या है, तो अपना मुँह बंद रखें और सुनें। अगर आप पर्याप्त लंबे समय तक बोलते रहेंगे, तो दूसरों को आपकी असलियत पता चल जाएगी।

सुनने से संकोच भी दूर होता है। जब आप दूसरों की बात ग़ौर से सुनते हैं - उनकी आवाज़ के लहज़े और शब्दों के ज़ोर पर पूरा ध्यान देते हैं - तो इससे आपका ध्यान ख़ुद पर से हट जाता है। यदि आप दूसरों पर पूरा ध्यान देते हैं - वे क्या कह रहे हैं; वे क्या चाहते हैं; उन्हें किस चीज़ की ज़रूरत है - तो आप संकोची या आत्म-चेतन नहीं रह सकते; आप अपने में सिमटकर नहीं रह सकते। जब आप सिमटकर रहते हैं, तो आप दूसरों के साथ प्रभावी ढंग से नहीं निबट सकते। अगर आपका पूरा ध्यान ख़ुद पर ही केंद्रित होता है, तो आप अपने आस-पास के संसार से नहीं निबट सकते। ख़ुद के बारे में ऊँची राय रखना ग़लत नहीं है, लेकिन अपना पूरा ध्यान ख़ुद पर ही केंद्रित रखना कारगर नहीं होता।

बहुत ज़्यादा कोशिश न करें। विलियम जेम्स ने कहा था कि ज़्यादातर बातचीतें इसलिए बोझिल होती हैं, क्योंकि लोग तनावरहित नहीं रहते

हैं और इस वजह से सचमुच सही बात कहने की संभावना को कम कर लेते हैं।

लोगों के साथ प्रभावी ढंग से पेश आने के लिए आपको यह जानना होता है कि लोग क्या चाहते हैं; उन्हें किस चीज़ की ज़रूरत है और वे कौन हैं। आपको ग़ौर से, सहानुभूति से और धैर्य से सुनना चाहिए। आप किसी को जो सर्वोच्च सम्मान या प्रशंसा दे सकते हैं, वह है उसकी बात ध्यान से सुनना। ऐसा करके आप उसके आत्म-गौरव को बढ़ा देते हैं, क्योंकि हर व्यक्ति यह सोचना पसंद करता है कि उसके पास कहने को ऐसा कुछ है, जो सुनने लायक़ है। आप किसी के अहं को पिचकाने वाली जो चीज़ें कर सकते हैं, उनमें से एक उसकी बात सुनने से पहले ही उसे झटक देना है। लोग यह पसंद करते हैं कि उन पर ध्यान दिया जाए।

सुनने की कला का अभ्यास करें :

1. **बोलने वाले की तरफ़ देखें।** जो लोग सुनने लायक़ होते हैं, वे देखने लायक़ भी होते हैं। वे जो कह रहे हैं, उस पर ध्यान केंद्रित करने से भी मदद मिलती है।

2. **गहरी रुचि लेते दिखें।** यदि आप सहमत हैं, तो अपना सिर हिलाएँ। यदि वे कोई कहानी बताते हैं, तो मुस्कराएँ। सामने वाले के संकेतों पर प्रतिक्रिया करें।

3. **सामने वाले की तरफ़ झुकें।** क्या आपने कभी इस बात पर ग़ौर किया है कि आप रोचक वक्ता की ओर झुकने और नीरस वक्ता से दूर झुकने की प्रवृत्ति रखते हैं?

4. **प्रश्न पूछें**। इससे लोगों को पता चल जाता है कि आप अब भी सुन रहे हैं।

5. **बाधा न डालें; इसके बजाय ज़्यादा जानकारी माँगें**। जब आप बिना कोई व्यवधान डाले उनकी बात पूरी सुनते हैं, तो लोगों को यह अपनी बहुत बड़ी प्रशंसा लगती है। लेकिन उन्हें यह प्रशंसा बहुत सच्ची तब लगती है, जब आप इस तरह के प्रश्न से ज़्यादा जानकारी माँगते हैं, "क्या आप आख़िरी बिंदु को विस्तार से समझा सकते हैं?"

6. **वक्ता के विषय पर केंद्रित रहें**। विषय न बदलें, चाहे आप किसी ख़ास विषय पर पहुँचने के लिए कितने ही आतुर हों।

7. **अपनी बात रखने के लिए वक्ता के शब्दों का इस्तेमाल करें**। बताए गए कुछ बिंदुओं को दोहराएँ। इससे न सिर्फ़ यह साबित होता है कि आप सुन रहे हैं, बल्कि इससे आपको बिना विरोध के अपने कुछ विचार रखने का भी मौक़ा मिल जाता है। अपनी ख़ुद की टिप्पणियों से पहले इस तरह की बात कहें, "जैसा आपने बताया है..."

9

लोगों को सहमत कराना

हर दिन कोई न कोई स्थिति सामने आती है, जहाँ हमें किसी से अपनी बात मनवाने की ज़रूरत होती है। हमारे जीवनसाथी, बच्चों, बॉस, कर्मचारी, ग्राहक, पड़ोसी, मित्र या शत्रु के साथ असहमति आम बात है। हमारी स्वाभाविक प्रतिक्रिया बहस करने की होती है। *हमें राज़ी करने को अपनी स्वाभाविक प्रतिक्रिया बनाना सीखना चाहिए।*

जब कोई हमारे विचारों का विरोध करता है, तो हम इसे अपने अहं के लिए जोखिम मान लेते हैं। हम भावनात्मक और शत्रुतापूर्ण बन जाते हैं और अपने विचार अपने विरोधी के गले के नीचे उतारने की कोशिश करते हैं। हम अपने तर्कों को बढ़ा-चढ़ाकर पेश करते हैं और अपने विरोधी की बातों का मखौल उड़ाते हैं। यह जीतने का तरीक़ा नहीं है।

किसी बहस को जीतने का एकमात्र तरीक़ा सामने वाले को उसकी मानसिकता बदलने के लिए राज़ी करना है। ऐसे तरीक़े हैं, जिनसे दूसरे लोगों को आपके दृष्टिकोण से चीज़ें देखने के लिए प्रेरित किया जा सकता है।

कम दबाव ही रहस्य है। इसका संबंध इस पुस्तक की विषयवस्तु से है : अगर आप लोगों पर क़ाबू पाना चाहते हैं, तो आपको मानव स्वभाव के ख़िलाफ़ काम करने के बजाय इससे अपने पक्ष में काम कराना सीखना होगा। किसी को यह बताएँगे कि उनके विचार मूर्खतापूर्ण हैं, तो वे हमेशा उनकी रक्षा करेंगे। उनके दृष्टिकोण का मखौल उड़ाएँगे, तो वे शर्मसार होने से बचने के लिए अपने दृष्टिकोण की रक्षा करेंगे। धमकियों का इस्तेमाल करेंगे, तो वे आपके विचारों के ख़िलाफ़ अपने दिमाग़ को बंद कर लेंगे, चाहे वे कितने ही अच्छे क्यों न हों।

आत्म-रक्षा की भावना सबसे प्रबल सहज भावनाओं में से एक है और इसका अर्थ शरीर के साथ-साथ अहं भी है। अपनी सुरक्षा के लिए हमें उन विचारों के बारे में सावधान होना होता है, जिन्हें हम स्वीकार करते हैं और जिन पर हम काम करते हैं। हम उन विचारों के ख़िलाफ़ अपनी रक्षा करते हैं, जिन्हें हम पराया मानते हैं। मित्र हथौड़ा और पत्थर लेकर हमारी ओर नहीं आते हैं, इसलिए जो विचार शत्रु जैसी वेशभूषा में दिखते हैं, उन्हें हम अपने कानों में घुसने ही नहीं देते।

जब हम विचार बेचने की कोशिश करते हैं, तो हमें अवचेतन के प्रति आग्रह करना चाहिए, *क्योंकि सामने वाला किसी भी विचार को तब तक स्वीकार नहीं करेगा, जब तक कि उसका अवचेतन मन उसे स्वीकार न कर ले।* "इच्छा के विरुद्ध किसी व्यक्ति को क़ायल करने के बाद भी उसकी राय वही रहती है" उस व्यक्ति का वर्णन है, जो अपने चेतन मन से ही सहमत हुआ है। वह होंठ हिलाकर हाँ तो कर रहा है, वह सहमत तो दिख रहा है, लेकिन वह *उस विचार पर काम नहीं करेगा।*

अवचेतन द्वारा किसी विचार को स्वीकार कराने का सिर्फ़ एक ही तरीक़ा है : सुझाव द्वारा। किसी के अवचेतन में कमोबेश ग़ौर किए बिना कोई विचार "पहुँचाने" की कोशिश करें। आप बहस जीतने में उसी हद तक सफल होंगे, जिस हद तक आप अपने विचार सामने वाले के अहं के पार पहुँचाने में सफल होंगे। उसका अहं उसके अवचेतन के द्वार पर पहरा देता है। यदि यह जाग गया, तो आपके विचारों को पार नहीं जाने देगा।

बहस जीतने के नियम :

1. **सामने वाले को उसका दृष्टिकोण बताने की अनुमति दें।** बाधा न डालें; सुनने की याद रखें। जिस व्यक्ति को कुछ कहना होता है, वह बोलने की मानसिकता में होता है। जब तक उसकी बात पूरी नहीं हो जाती, तब तक वह आपके विचारों को सुनने की मानसिकता में नहीं होता है। यदि आप चाहते हैं कि वह आपके विचारों को सुने, तो पहले उसके विचार सुनें।

   जब कोई आंदोलित हो, तो उससे कहें कि वह अपने मुख्य बिंदुओं को दोहराए; इससे बहुत मदद मिलती है। उसे गुबार निकालने की अनुमति देने से उसकी शत्रुता कम हो जाती है।

2. **जवाब देने से पहले ठहरें।** यह उस बातचीत में भी इतनी ही अच्छी तरह काम करता है, जहाँ कोई मतभेद या असहमति न हो। जब आपसे कोई प्रश्न पूछा जाए, तो सामने वाले की तरफ़ देखें और जवाब देने से पहले थोड़ा ठहरें। इससे

सामने वाले को लगता है कि आप उसकी कही बात को इतनी महत्त्वपूर्ण मानते हैं कि उसके बारे में सोचने के लिए ठहर गए हैं।

बस थोड़े से विराम की ही ज़रूरत है। यदि आप बहुत ज़्यादा ठहरते हैं, तो सामने वाले को यह आभास हो सकता है कि आप झिझक रहे हैं या कन्नी काट रहे हैं। यदि आपको असहमत होना हो, तो हल्का सा विराम बहुत महत्त्वपूर्ण होता है। यदि आप तुरंत ही "नहीं" कह देते हैं, तो इससे सामने वाला यह महसूस करता है कि आपकी इतनी रुचि नहीं है कि आप उसकी समस्याओं में समय लगाएँ।

3. **100 प्रतिशत जीतने पर ज़ोर न दें।** जब हम किसी बहस में उलझ जाते हैं, तो हममें से ज़्यादातर लोग यह साबित करने की कोशिश करते हैं कि हम पूरी तरह से सही हैं और बाक़ी लोग ग़लत हैं। राज़ी करने में निपुण लोग हमेशा थोड़ा झुक जाते हैं और सहमति का *कोई* बिंदु खोज लेते हैं।

   यदि सामने वाले के पक्ष में कोई बिंदु है, तो उसे स्वीकार कर लें। यदि आप छोटे और महत्त्वहीन बिंदुओं पर उसकी बात मान लेते हैं, तो इस बात की ज़्यादा संभावना है कि वह बड़े बिंदु पर आपकी बात मान लेगा।

4. **अपनी बात संयत और सटीक अंदाज़ में रखें।** जब हमारे विचारों का विरोध होता है, तो हमें अतिशयोक्ति की प्रवृत्ति पर निगाह रखनी होती है। शांति से बताए तथ्य लोगों की

मानसिकता बदलवाने में सबसे ज़्यादा कारगर होते हैं।

दबाव के तरीक़े पहलेपहल तो कारगर नज़र आ सकते हैं। आप सामने वाले को नीचे गिरा सकते हैं; उसे उसकी औकात दिखा सकते हैं, उसे ऐसे बिंदु पर ला सकते हैं, जहाँ वह एक भी बात नहीं कह सकता। आपके श्रोता ताली बजाते हैं। आप बहस में जीत गए हैं... या ऐसा लगता है। लेकिन सामने वाले व्यक्ति ने आपके दृष्टिकोण को स्वीकार नहीं किया है और वह आपके विचारों के अनुसार काम नहीं करेगा।

5. **तीसरे पक्ष के ज़रिये बोलें।** जो वकील मुकदमे जीतना चाहता है, वह गवाह इकट्ठे करता है, जो उन बिंदुओं की पुष्टि करते हैं, जिन्हें वह जूरी के सामने रखना चाहता है। अगर वह स्वार्थरहित होकर तीसरे पक्ष घटनाओं का वर्णन करता है, तो तर्क ज़्यादा विश्वसनीय लगता है। सेल्सपीपल संतुष्ट ग्राहकों की गवाही का इस्तेमाल करते हैं। राजनीतिक पद के उम्मीदवार समर्थन का आग्रह करते हैं।

तीसरे पक्षों के ज़रिये बोलना तब विशेष मूल्यवान हो सकता है, जब कोई मतभेद हो और आप चाहते हों कि दूसरे चीज़ों को आपके दृष्टिकोण से देखें। जब आप अपने ख़ुद के लाभ के लिए कोई बात कहते हैं, तो लोग स्वाभाविक रूप से आपके प्रति शंकालु होते हैं। इसके अलावा, तीसरे पक्षों के कथनों से सामने वाले के अहं के जागने की आशंका भी कम रहती है। आँकड़े, रिकॉर्ड, इतिहास और कथन सभी का हवाला दिया जा सकता है।

6. **सामने वाले को लाज बचाने की अनुमति दें।** कई मौक़े होंगे, जब दूसरे ख़ुशी-ख़ुशी अपना दृष्टिकोण बदलने और आपके साथ सहमत होने के लिए तत्पर हो जाएँगे। बस एक ही बाधा बीच में बचेगी; उन्होंने पहले ही एक निश्चित दृष्टिकोण सामने रख दिया है, एक मज़बूत मोर्चा ले लिया है और वे शर्मिंदा हुए बिना अपने दृष्टिकोण को नहीं बदल सकते। अगर वे आपके साथ सहमत होंगे, तो एक तरीक़े से उन्हें यह स्वीकार करना होगा कि वे ग़लत थे।

राज़ी करने में माहिर लोग जानते हैं कि सामने वाले को उसके पिछले दृष्टिकोण से बाहर निकलने और लाज बचाने का दरवाज़ा कैसे खुला छोड़ना है। वरना वे अपने ख़ुद के तर्क के क़ैदी बन सकते हैं। यदि आप किसी दूसरे को राज़ी कर सकते हैं, तो न सिर्फ़ आपको उसे अपनी बात का विश्वास दिलाना होगा, बल्कि आपको यह भी पता होना चाहिए कि उसे उसके ख़ुद के तर्क से कैसे बचाना है।

पहला तरीक़ा यह मान लेना है कि उसके पास सारे तथ्य नहीं थे : "मैंने भी पहलेपहल इसके बारे में ऐसा ही महसूस किया था, जब तक कि मुझे यह जानकारी नहीं मिली, जिससे पूरी तसवीर ही बदल गई।" दूसरा तरीक़ा कोई ऐसा तरीक़ा सुझाना है, जिससे वे गेंद को किसी दूसरे की तरफ़ उछाल सकें।

10

प्रशंसा करना

प्रशंसा ऊर्जा को मुक्त करती है। कभी ग़ौर किया है कि जब कोई किसी अच्छी तरह किए गए काम के लिए आपको धन्यवाद देता है या सच्ची प्रशंसा करता है, तो आपका उत्साह कैसे बढ़ जाता है? प्रशंसा हमें नई ऊर्जा और नया जीवन देती है। आप प्रशंसा से जो उत्साह पाते हैं, वह कोई भ्रम नहीं है, न ही आपकी कल्पना है। इससे वास्तविक शारीरिक ऊर्जा मुक्त होती है।

हो सकता है इस बिंदु पर आप यह सोच रहे हों, "प्रशंसा का लोगों के साथ हिल-मिल कर चलने से क्या संबंध है?" जवाब है : *सब कुछ।*

हममें से बहुत कम लोगों को यह अहसास होता है कि किसी के काम के लिए श्रेय देना, किसी अच्छी तरह किए गए काम के लिए मान्यता और प्रशंसा देना कितना महत्त्वपूर्ण होता है। हर जगह लोग प्रशंसा और क़द्र के भूखे हैं। जब हम उन्हें वह दे देते हैं, जिसकी

उन्हें भूख है, तो इस बात की ज़्यादा संभावना है कि वे हमें उदारता से हमारी मनचाही चीज़ दे देंगे।

हर दिन एक छोटा चमत्कार करें। जब भी आप किसी दूसरे के उत्साह को बढ़ाते हैं या उन्हें ज़्यादा जीवन और ऊर्जा से ओत-प्रोत करते हैं, तो आप एक छोटा चमत्कार कर रहे हैं। यह सरल है। आपको तो बस इतना करना है कि *हर दिन किसी को सच्ची प्रशंसा* दें और ग़ौर करें कि इससे वे सचमुच बेहतर प्रदर्शन करने में किस तरह सक्षम बनते हैं। जहाँ वाजिब हो, वहाँ सच्ची प्रशंसा और श्रेय देने से न सिर्फ़ लोग बेहतर महसूस करते हैं, बल्कि इससे उन्हें ज़्यादा उत्पादक तरीक़े से काम करने की अनुमति भी मिलती है। जब बोनस और मुनाफ़े में हिस्सेदारी योग्यता पर आधारित होती है, कंपनी के लिए महत्त्व को पहचानने का साधन होती है, तो उत्पादन बेहतर होता है।

अच्छे कथनों में उदार बनें। प्रशंसा करने के लिए लोगों के किसी बड़ी या असाधारण चीज़ करने का इंतज़ार न करें। यदि कोई आप पर छोटा सा अहसान करता है, तो अपनी क़द्र दिखाएँ और "आपको धन्यवाद" कहकर उन्हें श्रेय दें। उन चीज़ों की तलाश करें, जिनके लिए आप लोगों को धन्यवाद दे सकते हैं। प्रशंसा भरे शब्द कहें। लोगों को यह बता दें कि आप कैसा महसूस करते हैं। यह मानकर न चलें कि लोग जानते हैं कि आप उनकी क़द्र करते हैं; उन्हें बता दें। जब आप लोगों को बताते हैं कि आप उनके कार्यों की क़द्र करते हैं, तो इससे वे ज़्यादा और बेहतर करना चाहते हैं।

आपको "धन्यवाद" कहने के नियम :

1. **धन्यवाद सच्चा होना चाहिए।** इसे इस तरह कहें, मानो आप दिल से धन्यवाद दे रहे हों। इसमें अर्थ और जीवन भरें। इसे बेरुख़ा या दस्तूर न बनने दें। इसे ख़ास बनाएँ।

2. **इसे बुदबुदाकर न कहें; खुलकर बोलें।** इस तरह काम न करें, मानो किसी को धन्यवाद देने में आपको शर्म आ रही है।

3. **नाम लेकर लोगों को धन्यवाद दें।** लोगों का नाम लेकर अपने धन्यवाद को व्यक्तिगत बनाएँ। यदि समूह में कई लोगों को धन्यवाद देना हो, तो सिर्फ़ यह न कहें, "हर एक को धन्यवाद," बल्कि हर व्यक्ति का नाम लें।

4. **जब आप लोगों को धन्यवाद दें, तो उनकी तरफ़ देखें।** यदि वे धन्यवाद देने लायक़ हैं, तो देखने लायक़ भी हैं।

5. **लोगों को धन्यवाद देने पर काम करें।** उन चीज़ों की चेतन रूप से और जान-बूझकर तलाश शुरू करें, जिनके लिए आप दूसरों को धन्यवाद दे सकते हैं।

6. **जब लोगों को सबसे कम उम्मीद हो, तब धन्यवाद दें।** "आपको धन्यवाद" और भी ज़्यादा शक्तिशाली होता है, जब दूसरे इसकी अपेक्षा नहीं करते या यह महसूस नहीं करते कि वे इसके हक़दार हैं।

आप दूसरों में अच्छी चीज़ों की जान-बूझकर तलाश करके अपनी ख़ुद की ख़ुशी बढ़ा सकते हैं। ऐसा करते समय हमारा ध्यान ख़ुद

पर से हट जाता है; इससे हम कम संकोची, कम आत्म-संतुष्ट, और ज़्यादा सहिष्णु व समझ भरे हो जाते हैं। दुखी लोगों की एक अचूक निशानी यह है कि वे अति आलोचक होते हैं। वे जान-बूझकर दोषों या ख़ामियों की तलाश करते हैं। जब वे अपना नज़रिया बदलकर दूसरों में अच्छी चीज़ों की तलाश करने लगते हैं, तो उनकी ख़ुद की ख़ुशी बढ़ जाती है।

कोई भी आदर्श नहीं होता। यह कहा जाता है कि हर इंसान में अच्छाई होती है। यदि कोई ऐसा व्यक्ति है, जिससे आपको चिढ़ होती है, तो किसी ऐसी चीज़ की तलाश शुरू कर दें, जिसके लिए आप उसकी प्रशंसा कर सकें। यदि वे आपका सिर चबा जाते हैं, तो शायद उनके दाँत अच्छे हैं। इसलिए उनके दाँतों की प्रशंसा करें। प्रशंसा करने के लिए चीज़ों की तलाश करते रहें। इससे न सिर्फ़ वे बदल जाएँगे, बल्कि इससे उनके बारे में आपकी राय भी बदल जाएगी।

प्रशंसा देने के महत्त्वपूर्ण पहलू ये हैं :

1. **यह सच्ची होनी चाहिए।** कोरी चापलूसी साफ़ दिख जाती है और इससे कुछ हासिल नहीं होता। हमेशा कोई न कोई ऐसी चीज़ होती है, जिसकी प्रशंसा की जा सके, बशर्ते आप इसकी तलाश करें। किसी छोटी चीज़ के लिए लोगों की सच्ची प्रशंसा करना किसी बड़ी चीज़ के लिए झूठी प्रशंसा करने से कहीं बेहतर होता है।

2. **व्यक्ति के बजाय काम या गुण की प्रशंसा करें।** लोगों के बजाय उनके कामों की प्रशंसा करें। जब आप किसी काम या गुण की प्रशंसा करते हैं, तो आपकी प्रशंसा विशिष्ट होती

है और ज़्यादा सच्ची लगती है। लोगों को सटीकता से पता चल जाता है कि किस चीज़ के लिए उनकी प्रशंसा की जा रही है।

हर दिन पाँच सच्ची प्रशंसाएँ करके अपनी ख़ुद की ख़ुशी और मानसिक शांति बढ़ाएँ, जैसी कि अध्याय दो में सलाह दी गई है।

11

लोगों को आहत किए बिना उनकी आलोचना करना

जब हम लोगों से कहते हैं, "मैं इसे आपकी ख़ुद की भलाई के लिए बता रहा हूँ," तो ज़्यादातर समय हम ऐसा नहीं कर रहे होते हैं। हम अपने ख़ुद के अहं को बढ़ाने के लिए उनमें किसी दोष की ओर संकेत करते हैं। मानव संबंधों की सबसे आम असफलताओं में से एक यह है कि हम दूसरों के आत्म-गौरव को कम करके ख़ुद के महत्त्व की भावनाओं को बढ़ाने की कोशिश करते हैं।

बहरहाल ऐसे मौक़े होते हैं, जब हमें अपने साथ या अपने अधीन काम करने वाले लोगों के दोष बताने और सुधारने की ज़रूरत होती है। इसे सही तरीक़े से करना सचमुच एक कला है और यह *एक ऐसी कला है, जिसमें बहुत कम लोग माहिर हैं।*

आलोचना को एक नई रोशनी में देखें। चूँकि प्रभावी आलोचना की कला के बारे में बहुत कम जाना जाता है और ज़्यादातर लोग इसमें बहुत अनाड़ी होते हैं, इसलिए आलोचना शब्द हमारे मुँह में एक कसैला स्वाद छोड़ जाता है। लेकिन आलोचना की सच्ची कला उन्हें मारकर नीचे गिराना नहीं है, बल्कि उन्हें ऊपर उठाना है। यह

भावनाओं को आहत करना नहीं है, बल्कि बेहतर काम करने में उनकी मदद करना है।

सफल आलोचना के अनिवार्य गुण :

1. **आलोचना बिलकुल एकांत में करनी चाहिए।** यदि आप चाहते हैं कि आपकी आलोचना का असर हो, तो आपको अपने ख़िलाफ़ दूसरे के अहं को उकसाना नहीं चाहिए। याद रखें, आपका लक्ष्य उसके अहं का गुब्बारा पिचकाना नहीं है, बल्कि अच्छा अंतिम परिणाम हासिल करना है। भले ही आपका उद्देश्य पवित्र और भावना सही हो, लेकिन असल महत्त्व की बात यह है कि सामने वाला इसके बारे में कैसा महसूस करता है। दूसरों के सामने हल्की सी भी आलोचना करने से द्वेष उत्पन्न होता है। आलोचना चाहे जितनी न्यायपूर्ण हो, इससे सहयोगियों के सामने उस व्यक्ति को नीचा देखना पड़ता है।

   आप इस नियम का पालन करते हैं या नहीं, इससे आपके सच्चे उद्देश्यों का एक अच्छा संकेत मिल सकता है। क्या आप दूसरे श्रोताओं के आस-पास रहने पर ही आलोचना करते हैं? अगर ऐसा है, तो आपका असली उद्देश्य दूसरों की मदद करना नहीं है, बल्कि अहं की संतुष्टि हासिल करना है।

2. **आलोचना की शुरुआत में कोई अच्छी बात कहें या प्रशंसा करें।** अच्छे शब्द, प्रशंसा और तारीफ़ दोस्ताना माहौल बना देते हैं। ये दूसरों को आरामदेह बना देते हैं और उनके

रक्षाकवच को नीचे कर देते हैं। प्रशंसा और बधाई दिमाग़ को उस आलोचना के लिए खोल देती है, जिसे कहना आवश्यक है।

3. **आलोचना को अव्यक्तिगत बनाएँ; व्यक्ति की नहीं, काम की आलोचना करें।** एक बार फिर, यहाँ आप व्यक्ति के बजाय कामों या व्यवहार की आलोचना करके अहं को बीच से हटा सकते हैं। अपनी आलोचना उनके कामों तक सीमित रखकर आप उनकी प्रशंसा भी कर सकते हैं और उनके अहं को भी बढ़ा सकते हैं : "मैं पिछले अनुभव से जानता हूँ कि इस तरह की ग़लती आपके आम प्रदर्शन का हिस्सा नहीं है।"

4. **जवाब बताएँ।** जब आप दूसरों को बताते हैं कि उन्होंने क्या ग़लत किया, तो उन्हें यह भी बताएँ कि इसे सही कैसे करना है। ज़ोर ग़लती पर नहीं, बल्कि इसे सुधारने और दोबारा होने से बचाने के तरीक़े पर दिया जाना चाहिए। सबसे बड़ी शिकायतों में से एक यह है, "मैं नहीं जानता कि मुझसे क्या अपेक्षा की जाती है।" यदि आप लोगों को बता देते हैं कि "सही" क्या है, तो ज़्यादातर लोग "सही" काम करने के लिए तत्पर रहते हैं।

5. **सहयोग का आग्रह करें; इसकी माँग न करें।** माँग करने के बजाय आग्रह करने से हमेशा ज़्यादा सहयोग मिलता है। "क्या आप ये सुधार कर लेंगे?" से कम द्वेष जागता है, जबकि "इसे दोबारा करें और इस बार देखते हैं कि क्या आप इसे सही कर पाते हैं," से ज़्यादा द्वेष उत्पन्न होता

है। अगर आप बदलने का आदेश जारी करने के बजाय बदलने की इच्छा जगाने के लिए लोगों को प्रोत्साहित करेंगे, तो आप काफ़ी आगे तक पहुँच जाएँगे।

6. **एक अपराध के लिए एक आलोचना।** एक ग़लती पर एक बार ध्यान दिलाना वाजिब है; दूसरी बार अनावश्यक है; तीसरी बार छिद्रान्वेषण है। आलोचना के लक्ष्य की याद रखें : आपको काम कराना है; अहं का युद्ध नहीं जीतना है।

   मन में जब भी अतीत के गड़े मुर्दे उखाड़ने का या किसी भूली-बिसरी ग़लती को दोहराने का प्रलोभन जागे, तो याद रखें कि इस पर लगातार केंद्रित रहना कारगर नहीं होता।

7. **दोस्ताना अंदाज़ पर ख़त्म करें।** जब तक कि कोई मुद्दा दोस्ताना अंदाज़ पर ख़त्म करके न सुलझाया जाए, तब तक यह पूरा नहीं होता। ऐसी तलवारें न लटकाए रखें, जिन पर बाद में विचार किया जाएगा। मुद्दे को सुलझा लें और उसे दफ़न कर दें। विश्वास जताते हुए अपनी बात पूरी करें : "मैं जानता हूँ कि मैं आप पर भरोसा कर सकता हूँ।"

इस पुस्तक का अंत आपको लिखना होगा

जब मैं यह पुस्तक लिखने बैठा, तो मेरे मन में एक उद्देश्य था : आपके मानव संबंधों को बेहतर बनाने और जीवन में ज़्यादा ख़ुशी व सफलता पाने में आपकी मदद करना। यह पुस्तक तब तक पूरी नहीं होगी, जब तक कि वह लक्ष्य हासिल नहीं हो जाता।

इस पुस्तक में दिए सिद्धांतों पर काम करें; आप सफलता और ख़ुशी हासिल कर लेंगे।

शुभकामनाएँ!

लेखक के बारे में

1965 में नैशनल सेल्समैन ऑफ़ द ईयर।

उनकी पुस्तक *"स्किल विद पीपल"* तथा *"हाउ टु हैव कॉन्फ़िडेन्स ऐंड पावर इन डीलिंग विद पीपल"* की लाखों प्रतियाँ बिक चुकी हैं।

उनके क्लाइन्ट्स में शामिल हैं :
जनरल इलेक्ट्रिक - मेरिल लिंच - ऐमवे - मोबिल - जॉनसन ऐंड जॉनसन - अमेरिकन सेविंग्स ऐंड लोन इंस्टीट्यूट - ट्रैवलर्स - न्यू यॉर्क लाइफ़ - नेशनल एसोसिएशन ऑफ़ इन्श्योरेन्स एजेंट्स - नेशनल स्पोर्टिंग गुड्स एसोसिएशन - पीजीए - रिटेल ज्वैलर्स ऑफ़ अमेरिका - 700 शीर्ष स्टोर।

लेस गिबलिन की पिछली उपलब्धियाँ और उनके लाखों उत्साही पाठक व प्रतिभागी *स्किल विद पीपल* के शीर्ष शिक्षक के रूप में उनके प्रभाव को प्रमाणित करते हैं।

www.ingramcontent.com/pod-product-compliance
Lightning Source LLC
LaVergne TN
LVHW090726170726
843469LV00078B/659

* 9 7 8 8 1 8 3 2 2 6 7 3 8 *